W0351365

Werner Heiduczek Das verschenkte Weinen

WERNER HEIDUCZEK
DAS VERSCHENKTE WEINEN
GESAMMELTE MÄRCHEN

Mit farbigen Illustrationen
von Jutta Mirtschin

FABER & FABER

INHALT

DAS VERSCHENKTE WEINEN

Von Gornoprawdinsk kommend, jener anmutig gelegenen Geologensiedlung Westsibiriens, fuhren wir den Irtysch abwärts auf Chanty-Mansijsk zu. Wir, das waren Alexander Gregorowitsch, ein Gehirnspezialist aus Moskau, Jan Cibulski, Professor für Astronomie aus Warschau, und ich, der jüngste und unerfahrenste von uns dreien.

Ich hatte gerade mein Studium als Journalist abgeschlossen, war bei einer Tageszeitung als Wirtschaftsredakteur angestellt und kannte mich in Planzahlen und Produktionsziffern einigermaßen aus. Von den Sternbildern hingegen vermochte ich gerade den Großen Bären am Himmel zu finden oder den Orion. Über die geheimnisvollen Vorgänge im Gehirn des Menschen wußte ich gleich gar nichts, ja, ich gebe zu, ich hatte mir bis zu jenem Tag keinerlei Gedanken darüber gemacht.

Es war eine der für diese Breiten üblichen Juninächte. Die Natur hält sich in einer neutralen Unentschiedenheit zwischen hell und dunkel. Dieser Zwiespalt überträgt sich auch auf den Menschen. Ich jedenfalls war in einem seltsamen Zustand befangen. Obwohl ich sonst wenig Zugang zur Romantik habe, konnte ich mich dem Zauberhaften jener Nacht nicht entziehen.

Der Zufall hatte uns auf dasselbe Schiff geführt. Jan Cibulski wollte von Chanty-Mansijsk aus weiter nach dem Norden, um nach einem Stern zu suchen, der, wie er berechnet hatte, sich in diesen Tagen von Workuta aus sehen lassen müßte. Er schwor darauf, daß es einen solchen Stern gäbe.

Alexander Gregorowitsch war vor dem Lärm und der Hektik Moskaus in die Abgeschiedenheit Gornoprawdinsks geflohen. Er hatte es sich zur Gewohnheit gemacht, vor einer schwerwiegenden Gehirnoperation sein Institut in Moskau zu verlassen, um in der Weite Sibiriens die notwendige Konzentration und Ruhe zu finden.

Niemals hätte ich in Alexander Gregorowitsch einen Gehirnchirurgen vermutet, weit eher einen Violinvirtuosen. Er hatte außerordentlich lange und dünne Finger. Sie paßten nicht zu seinem sonstigen Aussehen. Überhaupt schien Alexander Gregorowitsch aus Körperteilen mehrerer Menschen zusammengesetzt. Sein mächtiger Schädel saß auf einem dünnen Hals, der lange Körper steckte auf zu kurzen Beinen. Man mußte fürchten, der ganze Professor fällt plötzlich auseinander. Ich weiß nicht, welche geheimnisvolle Kraft Alexander Gregorowitsch zusammenhielt.

Wir saßen auf dem Achterdeck. Die Schiffsschraube wühlte das lehmfarbene Wasser des Irtysch auf, und aus der Taiga, weit, weit weg, leuchteten die Flammen abgefackelten Erdgases.

Jan Cibulski sah immerzu nach den Sternen. Ich hielt sein Vorhaben schon allein deshalb für Phantasterei, weil während dieser hellen Nächte selbst Sterne erster Größe nur kurze Zeit blaß am Himmel stehen. Cibulskis Stern aber war nach seinen eigenen Aussagen ein Stern geringer Größe und nur mit feinsten optischen Geräten auszumachen.

»Lieber Freund«, sagte Alexander Gregorowitsch, und sein mächtiger Kopf wackelte beängstigend auf dem dünnen Hals, »Ihr Zweifel kennzeichnet Sie als Kind unserer nüchternen Zeit, doch glauben Sie mir, in allem Unwahrscheinlichen liegt bereits das Wahrscheinliche.«

Ich weiß nicht mehr, wie Jan Cibulski und Alexander Gregorowitsch zu ihrem Streit kamen. Ich war mit den Gedanken bei meiner Reportage, die ich über den Samatlor und die Erdölfunde dort zu schreiben hatte. Jedenfalls hörte ich Alexander Gregorowitsch plötzlich rufen: »Fragen wir unseren jungen Freund.« Er stieß mit einem seiner langen Finger nach mir wie ein Fechter mit dem Florett.

»Wenn Sie vor der Entscheidung stünden, Ihr Weinen weggeben zu müssen oder Ihr Lachen, was würden Sie tun?«

»Ohne Zweifel würde ich auf das Weinen verzichten«, antwortete ich.

»Dann trinken wir auf das Lachen«, rief Jan Cibulski, leerte sein Glas in einem Zug und warf es über die Reling ins Wasser. Man hörte einen leichten Aufschlag.

Angesteckt von der Ausgelassenheit des Professors, griff auch ich nach dem Glas, goß den Wodka in mich hinein, und mit den Worten »Auf das Lachen« schleuderte ich das Glas gleichfalls in den dunklen Fluß.

Alexander Gregorowitsch sah uns an, als wäre er über etwas traurig. Dann erhob er sich und fragte lächelnd: »Für wieviel Rubel verkaufen Sie mir Ihr Weinen, meine Herren?«

»Ich schenke es Ihnen«, antwortete ich, »es ist mir keine Kopeke wert.«

Daraufhin leerte auch Alexander Gregorowitsch sein Glas, warf es hinter sich in die Strömung und sagte: »Ich werde es hier für Sie aufbewahren. Merken Sie sich den Ort gut.« Dann setzte er sich, als wäre nichts gewesen.

Ich spürte eine merkwürdige Kälte in meinen Beinen und Armen. Alexander Gregorowitsch reichte mir seine Jacke herüber.

»Sie sind zum erstenmal in Sibirien«, sagte er. »Ziehen Sie das an. Es wird Ihnen dann wärmer.«
Alexander Gregorowitsch wurde mir unheimlich. Woher sollte er wissen, daß meine Beine und Arme kalt waren.
Wir saßen eine Zeitlang stumm beieinander. Es war nichts zu hören als das Schlagen der Schiffsschraube und der dumpfe Lärm des Wassers.
Plötzlich sprang Alexander Gregorowitsch auf, lief mit kurzen Schritten zur Reling, starrte in den Strom und setzte sich gleich darauf wieder zu uns.
»Seltsam«, sagte er, »mir war, als hätte ich ein Licht gesehen.«
»Sie haben es gesehen, Verehrtester«, entgegnete Jan Cibulski. »Es war soeben eine günstige Konstellation zwischen Mondlicht und dem weißen Schaum des Wassers.«
Er begann einen Vortrag über die verschiedenen Möglichkeiten der Lichtspiegelung zu halten.
»Nein, nein«, unterbrach ihn Alexander Gregorowitsch, »bei meiner Mutter, so hören Sie doch auf mit Ihrer Lektion. Ich habe ein Licht gesehen, auch wenn Sie mich für einen Narren halten.« Er war seltsam erregt, stand auf und lief fort.
Der Abend, schien mir, nahm ein ungutes Ende. Ich wollte in meine Kajüte gehen. Da kam Alexander Gregorowitsch auf mich zugeeilt und rief: »Holen Sie Ihr Weinen wieder aus dem Wasser. Um alles in der Welt, springen Sie in den Fluß, springen Sie!«
Er wäre überarbeitet, meinte ich und versuchte, ihn zu beruhigen. Alexander Gregorowitsch setzte sich auf eine Bank, die im Windschatten des Kommandoturms stand, starrte mich an und sagte: »Sie wissen gar nichts, junger Mann, überhaupt nichts. Setzen Sie sich, na setzen Sie sich schon.«
Er schlug mit der Hand neben sich auf die Bank. Sein ganzer Körper zitterte. Kaum saß ich aber neben ihm, wirkte Alexander Gregorowitsch sehr ruhig, ja geradezu heiter. Er schaute in die grauweiße Nacht, zum Ufer hinüber und zu den blauen

Fackeln hinter den Birken. »Wenn Sie zuhören wollen«, sagte er, »erzähle ich Ihnen von einer der wundersamsten Begebenheiten, die sich vor nicht langer Zeit zugetragen hat.«
Er wartete keine Antwort ab, sondern sprach sogleich weiter.

In einer Stadt, den Namen will ich nicht nennen, lebte ein Mann mit seiner Tochter. Das Mädchen hieß Aristid. Bei der Geburt war seine Mutter gestorben. So war es nicht verwunderlich, daß der Mann, hielt er das Kind im Arm, zugleich lachte und weinte. Er lebte in ständiger Sorge, der Tochter könnte ein Unglück zustoßen oder eine böse Krankheit sie hinwegraffen. Aber seine Befürchtungen waren grundlos. Aristid gedieh besser als jedes andere Kind. Es war, als hätte ihre Mutter alle Schmerzen mit sich ins Grab genommen und der Kleinen nur Freude zurückgelassen.
Als Aristid zwölf Jahre alt war, kamen aus einem fernen Land Männer, Frauen und Kinder in die Stadt. Die Regierung, der sie anhingen, war gestürzt worden, und sie hatten aus der Heimat fliehen müssen, um ihr Leben zu erhalten.
Aristid lief jeden Tag in das Viertel, wo die Fremden wohnten. Sie war neugierig wie jedes andere Kind auch. Zum erstenmal erkannte sie, daß die Welt größer war als die Stadt, in der sie wohnte. Es erfaßte sie eine tiefe Sehnsucht, ohne daß sie hätte sagen können, wonach.
Eines Morgens waren die Fremden fort. Aristid lief durch die Straßen, und ihr war seltsam schwer ums Herz.
Aber nicht alle Auswanderer waren weitergefahren. Sie hatten einen Jungen zurückgelassen. Er hieß Hondez und war dreizehn Jahre alt. Hondez mußte ein trauriges Schicksal tragen. Haus und Hof seiner Eltern waren von den neuen Herrschern im Land niedergebrannt worden, Vater und Mutter erschlagen. Das schreckliche Erlebnis hatte Hondez in ein heftiges Fieber gestürzt. Als der Junge nach Wochen das Bewußtsein wiedererlangte, war er blind. Es gab niemand, der ihm helfen konnte.

Freunde des Vaters hatten Hondez über viele tausend Kilometer in diese Stadt gebracht, wo ihn eine Frau als ihren Sohn annahm. Sie war eine unansehnliche Person und lebte ohne Mann. Nun war sie glücklich, für Hondez sorgen zu können.
Der Junge war großgewachsen und schlank. Sein Haar glänzte in der Sonne blauschwarz und fiel bis auf seine Schultern herab. Er hatte einen kräftigen Mund und eine hohe Stirn. Es war traurig anzusehen, wie dieser wirklich schöne Knabe sich durch die Straßen der ihm fremden Stadt vorwärts tasten mußte, wenn seine Pflegemutter nicht Zeit fand, ihn zu führen. Er hatte Sehnsucht nach den Gletschern, dem blauen Meer und der Sonne seines Landes.
Manchmal träumte Hondez, er stünde auf einem sehr hohen Berg und schaute hinab auf das unendliche Wasser, über das seine Mutter und sein Vater liefen. Ihm war dann, als könnte er fliegen wie ein glücklicher Vogel. Aber wenn er erwachte, lag er allein in seinem Bett und mußte weinen.
Der erste Weg, den er selbständig zu finden vermochte, war der Weg zum Fluß. Dort legte er sich ins Gras, hielt die Hände in die leichte Strömung des Wassers und rief: »Delphin, großer Delphin, komm zu mir geschwommen. Hörst du mich?«
Einmal war Aristid dem Jungen gefolgt. Sie sah, was er tat, und hörte ihn rufen. Obgleich sie den Sinn der sonderbaren Worte nicht verstand, erkannte sie, daß Hondez sich sehr einsam fühlte. Sie ging zu ihm, nahm seine Hände aus dem Wasser und wärmte sie an ihrem Gesicht.
»Wer bist du?« fragte Hondez.
Und Aristid antwortete: »Ich bin Aristid.«
Die Kinder saßen am Ufer, ohne ein weiteres Wort miteinander zu reden. Jedes aber verspürte ein großes Glück.
Es verging nun kein Tag, an dem die beiden nicht zusammen waren. Kam Aristid aus der Schule, wartete Hondez schon auf sie. Und ging der Junge mit der Pflegemutter durch die Geschäfte, dauerte es nicht lange, so war Aristid an seiner Seite.

Hondez lernte bei ihr sehr schnell, daß ein Baum Baum heißt und ein Haus Haus. Und ebenso schnell lernte Aristid die Sprache des Jungen. Sie fanden zunehmend Freude daran, die Wörter beider Sprachen in einem Satz zu vermengen. Ihnen schien, daß auf solche Weise das Herz des einen in der Brust des anderen schlüge.
Hondez ließ seine Finger immer häufiger über Aristids Gesicht gleiten. Er ertastete ihr weiches Haar, ihre Stirn, die großen Augen, die heißen Lippen, die kleinen festen Ohren, und er sagte: »Du bist schön, Aristid.«
Sie aber lachte und erwiderte: »Du bist viel schöner, Hondez. So schön wie eine Haselnuß.«
Es konnte geschehen, daß beide die Krankheit des Jungen vergaßen, zumal Hondez immer sicherer durch die Straßen lief. Seine Augen hatten auch nicht den toten Blick, den man sonst bei Blinden sieht ...

Hier unterbrach Alexander Gregorowitsch seine Erzählung und streckte mir sein Gesicht hin.
Ich erschrak, denn die Augen Alexander Gregorowitschs waren plötzlich ohne Glanz und leer, sein Gesicht war wächsern bleich wie das eines Toten.
»Um Himmels willen«, rief ich, »Alexander Gregorowitsch, was haben Sie?«
Ich faßte ihn bei der Schulter und rüttelte den schweren Körper. »So helfen Sie doch«, beschwor ich Jan Cibulski, der gelassen, ja nahezu vergnügt zusah, wie ich mich um Alexander Gregorowitsch bemühte.
»Wissen Sie denn nicht, daß unser Freund ein ebenso großer Schauspieler wie Chirurg ist«, sagte er und klatschte Beifall, als säße er nicht auf einem Motorschiff, sondern im Theater.
In der Tat, Alexander Gregorowitsch löste sich aus seiner Erstarrung, richtete sich auf, verneigte sich, wie Komödianten es tun, und fuhr fort zu erzählen, als wäre nichts geschehen.

Ich war ärgerlich, daß ich auf den Scherz hereingefallen war. Zugleich aber konnte ich mich des Gefühls nicht erwehren, Alexander Gregorowitsch habe mit mir nicht nur Schabernack treiben wollen. Wäre ich nicht von so kühlem Verstand, ich hätte mich der Vorstellung hingegeben, er verfüge über mir unbekannte Kräfte.

»Es ist töricht zu glauben«, sagte Alexander Gregorowitsch, »eine Liebe zwischen zwei Kindern sei weniger stark als die Liebe zwischen Mann und Frau. Ich werde Ihnen den Beweis erbringen, daß die keusche Leidenschaft eines Kindes mehr vermag als die zärtliche oder wilde Hingabe eines Weibes und die beherzte Lust des Mannes.

Aristid und Hondez, das erwähnte ich wohl, spielten des öfteren am Fluß. Waren sie müde, saßen sie am Wasser, und Aristid ließ Hondez diese kleine bunte Welt mit ihren Augen sehen: die Blumen, das Gras, den Himmel. Alles, was sie zuvor geliebt hatte, liebte sie jetzt stärker. Die Stadt schien ihr schöner, die Straße, in der sie wohnte, größer, der Wald grüner, der Gesang der Vögel lieblicher.

Aristids Vater merkte bald, daß seine Tochter sich verändert hatte, und seine Sorge wuchs. Wie alle Menschen in der Stadt war er Hondez zugetan, aber er wünschte, Aristid möge dereinst einen Sehenden zum Manne nehmen. Doch er sah ein, daß es wenig Sinn hätte, dem Mädchen den Umgang mit dem Jungen zu verbieten. So holte er insgeheim Erkundigungen ein, ob es im Land einen Arzt gäbe, der in der Lage wäre, Hondez das Augenlicht wiederzugeben.

Die Kinder hingegen waren wie alle Kinder. Sie freuten sich an der Schönheit des Augenblicks, dachten nicht daran, daß sie älter würden und daß mancher Kummer auf sie wartete.

Es war Herbst geworden. Die Sonne sank früh hinter die Bäume des Waldes, vom Fluß stieg Nebel auf und machte das Gras naß.

Einmal hatten die Kinder sich so verplaudert, daß sie das Herabfallen der Nacht nicht bemerkten. Aristid trug ein leichtes Kleid, sie fröstelte. Hondez fühlte das Zittern ihres Körpers. Er zog seinen Pullover aus und streifte ihn Aristid über. Sie sah darin aus wie ein kleiner Hund in einem Bärenfell.

»Aristid ist jetzt Hondez«, sagte der Junge, »und Hondez ist Aristid.« Aristid verstand nicht, was Hondez mit solchen Worten meinte. Sie spürte nur eine wohlige Wärme durch ihren Körper fließen, und sie wußte ihre Freude darüber nicht anders zu zeigen, als daß sie lachte und fortrannte, ohne daran zu denken, daß Hondez ja nichts sehen konnte. Aber er vergaß ebenso, daß er blind war. Er hörte die Stimme Aristids und lief ihr hinterdrein. Einmal vernahm er das Rufen links und das andere Mal rechts, mal war es ganz nah, dann wieder weit fort.

»Ich fange dich«, rief Hondez, »warte nur, ich fange dich.«

Er breitete die Arme aus wie früher immer, wenn er dem Vater oder der Mutter entgegengelaufen war, als sie noch glücklich miteinander lebten und er den blauen Himmel sehen konnte, das Gras, die Bäume und den Schnee.

Schon lange nicht war Hondez so leicht ums Herz gewesen. Er wünschte, Aristid möge immer so vor ihm herlaufen, dann brauchte er sich vor nichts mehr zu fürchten, auch nicht vor der Finsternis, die ihn umgab. Die beiden Kinder wurden immer ausgelassener. Zuletzt stürzte Hondez über eine Wurzel. Aristid erschrak, lief zu Hondez und beugte sich über ihn.

»Du hast dir weh getan«, rief sie.

»Nein, nein«, erwiderte Hondez.

Er sprang auf, um dem Mädchen zu zeigen, daß ihm nichts geschehen war. Aber er blutete an der Stirn.

»Setz dich ins Gras«, befahl Aristid, und Hondez gehorchte. Das Mädchen tupfte das Blut von seinem Gesicht. Und da sie kein Taschentuch bei sich hatte, nahm sie den Zipfel ihres Kleides. Sie atmete heftig vom schnellen Laufen, und auch Hondez

war erhitzt. Er tastete nach Aristids Arm. Als er die zarte Haut des Mädchens mit den Fingerspitzen berührte, überkam ihn ein solches Verlangen, Aristids Arm zu küssen, daß er diesem Wunsch nicht widerstehen konnte. Das Mädchen erschrak darüber und Hondez nicht minder. Er konnte sich nicht erklären, warum er es hatte tun müssen. Sein Kopf schmerzte, und seine leeren Augen brannten. Er wagte nicht, seine Arme nach Aristid auszustrecken, obwohl er sich sehr allein fühlte.
Ihm war, als sei die Welt eine dunkle Höhle. Niemand lebte darin als nur er. Er wagte auch nicht, Aristid zu rufen, denn sicher, so meinte er, war sie fortgelaufen. Er fürchtete sich davor, keine Antwort auf sein Rufen zu erhalten. So saß er ganz steif im Gras, und sein schönes dunkles Gesicht war sehr bleich.
Aristid stand nur einen Schritt von Hondez entfernt. Ihr Herz schlug heftig, so wie es noch nie nach einem Spiel geschlagen hatte. Sie mußte Hondez immerzu anschauen, wollte etwas sagen, aber brachte kein Wort heraus. Aristid war mit einem Male traurig und auch wieder sehr froh. Sie stand ratlos in ihrer Verwirrung. Erst als Hondez aufstand und taumelnd einige Schritte ging, sagte Aristid: »Komm.«
Hondez blieb stehen, wandte Aristid sein Gesicht zu und sagte leise: »Ich habe Angst, Aristid.«
»Wovor hast du Angst?« fragte das Mädchen.
»Ich weiß es nicht«, antwortete Hondez. Dann zeigte er hoch zum Himmel und sagte: »Manchmal glaube ich, ich bin so ein einsamer Stern.«
Aristid blickte zum Himmel, und dort blinkte wirklich in der blassen Weite des Abends ein einzelner Stern. Das Mädchen war erstaunt, daß Hondez sah, was er doch eigentlich nicht hätte sehen können. Von diesem Augenblick an war Aristid überzeugt, daß Hondez zwar keine Wurzeln zu sehen vermochte und keine Steine, wohl aber Sterne. Sie sagte es ihm. Doch Hondez schüttelte traurig den Kopf und antwortete: »Nein, Aristid, auch keine Sterne.«

Sie aber ließ sich nicht von ihrer Meinung abbringen, legte ihre Arme um seinen Hals und küßte seine wunde Stirn.
»Hast du auch jetzt noch Angst?« fragte sie.
»Nein«, sagte Hondez.
Beide überfiel eine große Müdigkeit. Sie sanken ins feuchte Gras, und eng umschlungen schliefen sie ein. Der Mond legte sein Licht auf sie, als wollte er sie wärmen.
Hondez träumte wieder, er stünde auf einem hohen Berg und schaute hinab aufs Meer. Dort aber liefen nicht Vater und Mutter übers Wasser, sondern Aristid stand im weißen Schaum einer Welle. Sie trug ein grünes Kleid, winkte ihm zu und rief: »Ich bin der große Delphin, und ich komme, dich zu holen. Spring, Hondez, hab keine Angst!« Dabei hob Aristid den Saum des grünen Kleides, um Hondez darin aufzufangen wie einen Apfel, der vom Zweig fällt. Das Seltsame geschah, daß Aristid den gleichen Traum hatte wie Hondez.
Erst am Morgen fand man die Kinder. Sie lagen nebeneinander wie zwei junge Füchse, die nicht heimgefunden hatten.
Aristid wurde sehr krank. Ein schweres Fieber befiel sie. Ohne Zweifel trug die Nacht am Fluß daran Schuld.
Hondez lief jeden Tag zum Haus, in dem Aristid wohnte. Aber der Vater des Mädchens ließ den Jungen nicht herein. Er war zornig, meinte, Hondez sei der Ältere und habe demzufolge verständiger zu sein. Statt dessen aber hätte er Aristid zu einem solchen Leichtsinn verführt.
Wie sehr Hondez auch beteuerte, nichts Böses getan zu haben, ja überhaupt nicht zu wissen, wie es dazu gekommen wäre, daß sie am Fluß eingeschlafen seien, Aristids Vater glaubte ihm nicht. Hondez möge sich nicht mehr beim Haus blicken lassen, sagte er, sonst könnte er sich vergessen und einen Blinden schlagen.
Der Junge aber kam immer wieder. Er saß von morgens bis abends vor der Haustür und wartete darauf, daß Aristid ihn riefe. Das Mädchen jedoch war nicht mehr in der Stadt. Der

Vater hatte es zur Schwester seiner Frau aufs Land gebracht. Dort, so glaubte er, würde sie schneller gesund werden und zudem Hondez vergessen, für den, so hatte er erfahren, keine Aussicht auf Heilung bestand.

Hondez aß kaum etwas, wurde blaß und schmal. Er brachte die Tage in dumpfer Traurigkeit zu. Sprach seine Pflegemutter mit ihm, gab er verworrene Antworten oder hörte erst gar nicht hin. Die Frau mußte fürchten, der Junge könne ihr sterben. In ihrer Angst lief sie zu Aristids Vater und flehte ihn an, das Mädchen in die Stadt zurückzuholen. Der Mann jedoch meinte, Kinder seien Kinder, sie vergäßen Leid ebenso schnell wie Freude. Er habe nichts gegen Hondez, Aristid aber sei zu jung für ein solches Beisammensein mit einem Jungen. Die beste Medizin für Hondez sei eine ordentliche Lehre. Er habe einfach zuviel Zeit.

Auch die Ärzte rieten der Frau, den Jungen in eine Schule für blinde Kinder zu geben. Er sei begabt und könne später sicher studieren.

Eine solche Schule gab es in dieser Stadt nicht. So nahm es die Frau auf sich, den Ort, in dem sie ihr ganzes Leben verbracht hatte, zu verlassen, damit Hondez etwas lernen könne.

Was Aristids Vater erhofft hatte, geschah nicht. Weder konnte Aristid Hondez vergessen noch Hondez Aristid. Die Sehnsucht des Mädchens nach Hondez wurde so groß, daß sie eines Tages von ihrer Tante fortlief, um Hondez zu suchen. Sie irrte mehrere Tage im Land umher, stahl, was sie zum Leben brauchte, in Kaufhallen, bis sie schließlich dabei ertappt und der Polizei übergeben wurde.

Als sie auf dem Revier gefragt wurde, wer sie sei und wie Vater und Mutter hießen, schwieg sie. Weder Drohungen halfen noch Versprechungen. Dem Leiter der Dienststelle, einem alten Mann, tat das Mädchen leid. Der Vorschrift nach hätte er sie in ein Heim bringen müssen, aber er nahm sie mit nach Hause und gab Aristid in die Obhut seiner Frau. Das Leben, so meinte

er, habe Sonderlichkeiten, bei denen man nicht so sehr die Gesetze als vielmehr das eigene Herz befragen müsse.
Aristid fühlte sich im Haus der guten Leute geborgen. Die Frau nahm das zugelaufene Mädchen wie ein Geschenk, denn sie hatte zwei Söhne im Krieg verloren. Sie kaufte ihm Kleider, Schuhe und eine Schleife ins Haar, fragte nicht nach dem Woher und Wohin, sondern tat, als lebte Aristid schon immer im Haus.
Eine Woche verging, bis das Herz des Kindes aufbrach. Die Alte saß des Abends beim Feuer und flickte dem Mann die Hose. Aristid hockte auf einem Schemel und starrte zum Fenster hinaus. Am Himmel blinkte ein Stern, und sie glaubte nicht anders, als daß dieser Stern Hondez wäre. Es erfaßte sie ein so tiefer Schmerz, daß sie zu der Frau hinstürzte, den Kopf in deren Schoß barg und heftig weinte, daß auch der Alten die Tränen übers Gesicht liefen. Sie drückte Aristid an sich und wußte nichts anderes zu sagen als immer nur: »Du gutes Kind. Du armes Kind. Du gutes Kind.«
Die Frau hatte diesen Augenblick herbeigewünscht und sich zugleich vor ihm gefürchtet. Solange Aristid schwieg, durfte sie das Kind behalten. Wußte sie erst seinen Namen, war es ihr verloren, denn sie mußte das Mädchen den Eltern zurückbringen.
Aristid schüttete all ihr Leid vor der Alten aus. Sie sprach über Hondez, den Delphin und den einsamen Stern am Himmel. Sie müßte sterben ohne Hondez, sagte sie, und Hondez ohne sie.
Eine so starke Liebe war dem Weib noch nicht begegnet. Sie erschrak über die Leidenschaft des Kindes, denn ihr eigenes Leben war einfacher verlaufen trotz des großen Schmerzes, den ihr der Tod ihrer Söhne gebracht hatte. Sie war dem Mann eine gute Frau, und er war ihr nicht minder zugetan. Aber Aristids Liebe zu Hondez war wie ein Fieber. Die Alte zweifelte nicht daran, daß Aristid vor Sehnsucht nach dem Jungen sterben würde, und sie war gewillt, alles zu tun, den Kindern zu helfen.
Am nächsten Tag schon fuhr sie mit Aristid zu deren Vater. Der

Mann war glücklich, die Tochter wiederzuhaben. Er hatte sie überall gesucht und war verzweifelt gewesen. Er küßte Aristid und drückte sie an sich, als könnte sie ihm wieder verlorengehen.
Aristid jedoch erwiderte seine Zärtlichkeit nicht. Der Vater war ihr ein Mann geworden, den sie fürchtete. Sie konnte niemanden lieben, der nicht auch Hondez liebte. Als der Vater fragte, ob sie denn nicht daran gedacht hätte, was sie ihm antäte, wenn sie einfach davonliefe, antwortete Aristid: »Nein, daran habe ich nicht gedacht.« Und als er wissen wollte, ob sie ihn, ihren Vater, denn nicht liebe, erwiderte sie im gleichen Ton: »Nein, ich liebe dich nicht.«
Es war eine bittere Stunde für den Mann. Er wünschte, niemals eine Tochter gehabt zu haben. Zuerst hatte Aristid ihm die Frau genommen, jetzt entzog sie ihm ihre Liebe. Er ging ins Wirtshaus und betrank sich, denn sein Schmerz war groß.
Erst spät in der Nacht kam er nach Haus, ließ sich auf einen Stuhl fallen und legte seinen Kopf auf den Tisch. Er schalt die Welt unverständig und grausam. Damit aber konnte er die Alte nicht rühren. Sie hieß ihn einen Dummkopf, der eine Blume, die in seinem Haus aufwachse, wie Unkraut behandle. Wenn er nicht bereit wäre, die Kinder wieder zusammenzuführen, würde sie es selbst tun und ihn nicht erst um sein Einverständnis fragen. Er sei kein Vater, sondern ein eigensüchtiger Narr.
Wollte der Mann die Liebe seiner Tochter zurückgewinnen, blieb ihm nichts anderes übrig, als Urlaub zu nehmen und mit Aristid zu Hondez zu fahren.
Hondez hatte während all der Wochen, die er in der Schule zubrachte, mit übersteigertem Eifer seine Aufgaben erfüllt. Er glaubte, der Schmerz würde geringer werden, wenn er nur fleißig lernte. Er war bald der beste Schüler. Die Lehrer lobten seine Tüchtigkeit und Hilfsbereitschaft. Aber alles Lob machte Hondez nicht froh.

»Ach, großer Delphin«, sagte er oft, wenn er allein war, »nun schwimmst du irgendwo und findest mich nicht.«
Wie sehr er es auch wünschte, nie wieder träumte er von den Gletschern und dem blauen Meer seiner Heimat. Er sah seine Eltern nicht übers Wasser laufen und Aristid nicht im Schaum einer Welle stehen und den Rock ihres Kleides heben, um ihn aufzufangen wie einen Apfel, der vom Zweig fällt. Weil er keine Vergangenheit hatte, hatte er auch keine Zukunft, und so war die Gegenwart eine taube Frucht.
Aristid stand am großen eisernen Tor, als Hondez aus dem Schulgebäude kam. Sie hatte dem Vater nicht erlaubt, sie zu begleiten.
Nun stand der Mann in einer Seitengasse, scheu und ängstlich, als täte er etwas Unrechtes. Er sah Hondez über den Hof auf Aristid zugehen und glaubte, es müßte etwas Außergewöhnliches geschehen. Aber es geschah nichts anderes, als daß Aristid Hondez bei der Hand nahm. Hondez blieb einen Augenblick stehen. Es war alles sehr still. Kein Auto fuhr, kein Vogel schreckte auf. Aristid und Hondez gingen aus der Stadt und sprachen kein Wort ...

Die Sirene unseres Schiffes schrie laut auf. Ich hatte nicht bemerkt, daß Nebel aufgekommen war. Die Ufer des Irtysch waren nicht mehr zu sehen. Über dem Fluß lag etwas Gespenstisches.
»Ich muß zugeben«, sagte Jan Cibulski, »ich bin froh darüber, daß Sie die Geschichte so glücklich enden lassen, Alexander Gregorowitsch. Ich bin abergläubisch, müssen Sie wissen. Insgeheim habe ich mir ein Orakel gestellt. Aber jetzt zweifle ich nicht mehr daran, daß ich in Workuta Glück haben werde.«
»Lieber Sternensucher«, rief Alexander Gregorowitsch, »ich muß Sie enttäuschen, das war erst der Anfang. Wo, ich bitte Sie, ist bisher etwas Erstaunliches geschehen. Merkwürdig war doch wohl nur das Verhalten von Aristids Vater. Ich habe ver-

sprochen, Ihnen eine wundersame Begebenheit zu erzählen, nicht eine alltägliche.«

Alexander Gregorowitsch nahm die Brille ab, rieb die Gläser an seinem Hosenbein und setzte die Brille wieder auf. Er sah im Nebel aus wie ein gewaltiger Uhu. Und ich dachte, es sollte mich nicht verwundern, wenn er jetzt plötzlich mit den Armen schlägt und auffliegt. Wieder schrie die Sirene, und aus dem Nebel antwortete eine zweite.

»Hören Sie nur«, sagte Alexander Gregorowitsch, »immer im Leben ruft jemand und wartet auf Antwort.«

Kaum hatte er es gesagt, schrie überm Wasser ein Vogel. Niemand von uns sah ihn.

Jan Cibulski schüttete erneut Wodka in die Gläser.

»Nun«, fragte Alexander Gregorowitsch, »worauf trinken wir?«

»Auf die glückliche Liebe von Aristid und Hondez«, sagte ich.

»Das wäre vorschnell«, meinte Alexander Gregorowitsch und leerte sein Glas.

»Sie treiben ein schlimmes Spiel mit uns, lieber Alexander Gregorowitsch«, rief Jan Cibulski. »Sie sind mir schon ein rechter Puschkin! Erzählen Sie! Erzählen Sie.«

»Nun denn«, entgegnete Alexander Gregorowitsch, »dann hören Sie weiter.«

Hondez' Vater, fast hätte ich vergessen, es zu sagen, war ein weltbekannter Geiger gewesen. Aus dem brennenden Haus war nichts anderes gerettet worden als seine kostbare Geige. Sie lag neben dem ohnmächtigen Jungen. Niemand wußte zu sagen, wie sie dahingekommen war. Hondez hatte bei seinem Vater ersten Unterricht genommen, und sein Spiel ließ vermuten, daß er den Vater darin übertreffen würde. Seit jenem schrecklichen Ereignis aber war der Junge nicht mehr in der Lage zu spielen. Kaum berührte er den Bogen, wurden seine Finger steif, ja sein ganzer Körper erstarrte, und er meinte, ersticken zu müssen. So war man darauf bedacht, die Geige von

ihm fernzuhalten, nahm sie aber mit außer Landes. Einmal, so glaubten die treuen Freunde, würde Hondez wieder zum Instrument greifen und in der Kunst Trost finden.
Die Pflegemutter hütete die Violine wie einen Schatz, wagte aber nicht, mit dem empfindsamen Kind darüber zu sprechen. Schon gar nicht, als ihm auch noch Aristid genommen war. Eines Nachts jedoch wurde sie von einem außerordentlich schönen und zarten Ton wach. Und dann stieg eine Melodie in die klare Nacht auf, daß der Frau das Herz weit wurde. Sie wagte nicht, aus dem Bett aufzustehen, weil sie fürchten mußte, das Lied würde dadurch zerbrochen wie eine Tasse, die zu Boden fällt.
Seit jener Stunde spielte Hondez wieder. Aber er holte die Geige nur hervor, wenn er allein war. So sehr auch seine Lehrer wünschten, er möge in der Schule oder im Theatersaal der Stadt bei einem Konzert auftreten, Hondez war dazu nicht zu bewegen. Der stille und ansonsten fügsame Junge wurde zornig und aufsässig, wenn man ihm ein solches Anerbieten machte.
An jenem Tag aber, als Aristid am Schultor stand, Hondez bei der Hand faßte und aus der Stadt führte, überkam ihn ein so großes Verlangen, sein Glück anderen mitzuteilen, daß er des Abends Aristid in sein Zimmer nahm, sich ans offene Fenster stellte und mit einer solchen Kunst und Innigkeit das Instrument spielte, daß jeder, der am Haus vorübergehen wollte, stehenblieb. Hondez jedoch spielte nur für Aristid. Dabei war ihm plötzlich, er könne sie sehen: Das Mädchen stand auf einem Gletscher, die Sonne schien auf das Eis und auf Aristids Haar.
Hondez legte das Instrument fort, als er von der Straße her Rufe hörte. Die Leute wollten, daß er weiterspiele, immer und immer. Aber Hondez schloß das Fenster. Es war still im Zimmer. Nur eine Uhr tickte. Hondez rief nach Aristid, doch das Mädchen konnte jetzt nicht sprechen. Er ging langsam, wie Blinde gehen, auf sie zu und umfaßte ihr Gesicht.

»Warum weinst du?« fragte er.
Aristid küßte Hondez auf den Mund, und ihr war, es mußte so sein. Alles sah aus nach einem guten Ende.
Aristids Vater, ein Glaser, fand Arbeit in eben der gleichen Stadt, wo Hondez zur Schule ging. Das Glück seiner Tochter wärmte auch ihm das Herz. Niemand zweifelte daran, daß Aristid und Hondez Mann und Frau würden.
Aristids Vater meinte, den Kindern gegenüber eine Schuld abtragen zu müssen und begann wieder, sich nach einem Arzt umzuhören. Er wollte nicht glauben, daß Hondez, der doch einmal die Farben des Tages hatte erblicken können und dessen Augen nicht anders aussahen wie die eines Gesunden, für immer blind bleiben sollte. Obwohl vom Charakter her Veränderungen nicht zugetan, begann der Mann seiner Tochter zuliebe ein unstetes Leben. Er nahm Arbeit in einem Betrieb auf, der seine Leute in viele Länder schickte.
Einige Jahre vergingen. Hondez lernte bei einem großen Meister und übertraf diesen bald in der Schönheit des Spiels. Da endlich kam Aristids Vater in eine Stadt im Süden, wo ein Arzt lebte, über den die Leute wunderliche Dinge erzählten. Einige hießen ihn einen bedeutenden Wissenschaftler, andere einen Heiligen. Dritte meinten, er stelle verderbliche Experimente an, man müsse ihm jegliche Versuche an Mensch und Tier verbieten. Dieser Arzt nannte sich – Alexander Gregorowitsch zögerte einen Augenblick, dann, als wolle er sein Zaudern vergessen machen, sagte er schnell –, nannte sich Doktor Pretorius.
Sobald es ihm möglich war, ging Aristids Vater zu ihm. Doktor Pretorius war lang und dürr. Er hatte ein auffallend blasses Gesicht mit roten Augen darin. Aristids Vater behauptete später, aus ihnen wären kleine Funken gesprungen.
»Guter Mann«, sagte Doktor Pretorius, nachdem Aristids Vater sein Anliegen vorgebracht hatte, »ohne den Jungen gesehen zu haben, kann ich gar nichts sagen, überhaupt nichts, nein, nein, wirklich nichts.« Er sprach schnell und flatterte dabei mit den

Armen wie eine Fledermaus. Dann murmelte er etwas Unverständliches und stierte Aristids Vater an, daß diesem unheimlich wurde.

»Nun gehen Sie, gehen Sie!« rief Doktor Pretorius.

Er stotterte, obwohl er vorher überhaupt nicht gestottert hatte. Aristids Vater mußte meinen, er sei dem Mann lästig, stand auf und lief verstört nach draußen. Kaum aber war er vor dem Haus, riß Doktor Pretorius das Fenster auf und rief, jetzt wieder ohne zu stottern: »Nun laufen sie doch nicht weg, was laufen Sie denn weg. Nein, nein, so bleiben Sie doch.«

Aristids Vater war ganz und gar durcheinander.

»Herr«, erwiderte er, »ich laufe ja gar nicht weg, nein, nein, überhaupt nicht, wirklich nicht.«

Mit Entsetzen stellte er fest, daß er die Worte ähnlich wiederholte wie Doktor Pretorius, und zudem stotterte er wie der Arzt zuvor. Jetzt glaubte er auch, daß Doktor Pretorius kein gewöhnlicher Doktor wäre, sondern einer, der mit geheimnisvollen Kräften im Bunde stünde.

»Bringen Sie den Jungen und das Mädchen zu mir«, sagte Doktor Pretorius.

Er sprach ganz ruhig und war freundlich.

»Ja«, antwortete Aristids Vater, »ich will es tun.«

Er konnte wieder reden, wie er immer redete.

Als er in sein Zimmer zurückging und noch einmal alles überdachte, grauste ihm vor Doktor Pretorius. Seine Freude jedoch, jemanden gefunden zu haben, der Hondez heilen könnte, war größer als seine Furcht. Er konnte kaum erwarten, bis sein Arbeitsvertrag abgelaufen war, um Aristid und Hondez die frohe Botschaft zu bringen.

Hondez zeigte sich über die Nachricht nicht sonderlich beglückt. Er hatte sich mit seinem Schicksal abgefunden.

»Ich habe Aristid, ich habe die Geige, ich bin glücklich«, sagte er. »Was immer in meinem Leben gewesen ist, es liegt hinter mir.« Dachte er an den fremden Arzt, war er voller Unruhe. Er

hatte nicht vor der Operation Angst, sondern vor etwas, was er nicht zu benennen wußte.
Aristid hingegen gab nicht eher Ruhe, bis Hondez sich bereit zeigte, mit ihr zu Doktor Pretorius zu fahren.
»Ach, du Lieber«, sagte sie, »fast muß ich glauben, du hast Angst, mich ein Leben lang ansehen zu müssen«, und sie küßte seine Augen.
Hondez ließ seine Finger über Aristids Gesicht gleiten, als wäre es zum letzten Mal. Noch nie waren seine Hände so zärtlich gewesen. Und für einen Augenblick glaubte auch das Mädchen, es wäre besser, alles in ihrem Leben so zu lassen, wie es war. Ein größeres Glück könnte es nicht geben. Aber dann hieß sie sich töricht und eigensüchtig, meinte, sie fürchte sich davor, Hondez liefe ihr davon, wenn er erst wieder vermochte, die Welt mit eigenen Augen zu sehen.
»Morgen fahren wir«, sagte sie.
So geschah es.
Doktor Pretorius, so schien es, hatte all die Wochen über nichts anderes getan als auf Aristid und Hondez gewartet. Bei ihrer Ankunft war der Tisch gedeckt, das Essen bereitet. Beide hatten noch nie einen so schmackhaft zubereiteten Fasan gegessen und einen so würzigen Wein getrunken. Doktor Pretorius lachte und scherzte. Aristid und Hondez vergaßen für eine Zeit, weswegen sie eigentlich in dieses Haus gekommen waren. Es war ein prächtiges Gebäude mit großen Räumen, darinnen kostbare Teppiche und bunte Vasen. Eine geöffnete Flügeltür gab den Blick frei in einen schönen Garten. In diesem wiederum, hinter einem Brunnen aus hellen Steinen, stand ein kleines Häuschen. Es gefiel Aristid so sehr, daß sie immer wieder hinschauen mußte.
»Sie mögen dort wohnen, solange Sie immer wollen«, sagte Doktor Pretorius.
»Ach Gott«, erwiderte Aristid, »wir wissen nicht einmal, ob unser Geld für die Operation reicht. Wie dürften wir da an so etwas auch nur denken.«

»Es soll Ihnen an nichts fehlen«, sagte Doktor Pretorius, »und über Geld wollen wir nicht reden. Nun gehen Sie schon, gehen Sie. Warum gehen Sie nicht? In dem Gartenhäuschen ist alles für Sie vorbereitet.«

Obwohl Aristids Vater nicht vergessen hatte, die roten Augen Doktor Pretorius' genugsam zu beschreiben, fielen sie dem Mädchen erst jetzt auf. Sie glühten wie zwei Kohlen im Kamin. Aristid fürchtete sich vor diesen Augen. Als Kind hatte sie viele Geschichten gelesen, in denen Grausiges geschah. Doktor Pretorius erweckte in ihr den Eindruck, als wäre er aus einer solchen Geschichte entlaufen und hause nun hier in diesem schloßähnlichen Gebäude. Es hätte sie nicht verwundert, hätte Doktor Pretorius plötzlich angefangen, schrecklich zu lachen. Aber er lachte nicht.

»Ich habe zu arbeiten«, sagte er. »Gehen Sie, nun gehen Sie schon.«

Aristid und Hondez hörten plötzlich im Haus eine kreischende Stimme. Als Antwort kamen ein böses Bellen und das Fiepen einer Ratte. Das Mädchen faßte entsetzt nach der Hand ihres Freundes.

»Seien Sie ohne Sorge«, sagte Doktor Pretorius, »im Garten ist es stiller.«

Sein Gesicht zeigte keine Regung. Es war bleich und hager, und die roten Augen brannten darin.

Aristid verspürte kein Verlangen mehr, in dem schönen Häuschen zu wohnen. Immerzu wähnte sie einen Vogel kreischen oder einen Hund bellen zu hören. Scheußlicher noch war das langgezogene Fiepen der Ratte. Aber als das Mädchen mit Hondez durch den Garten ging, über sich den kräftigen blauen Himmel des Südens, als sie den milden Wind spürte und den Gesang der Vögel hörte, wurde sie wieder heiter und unbeschwert. Nichts mehr schien ihr absonderlich. Sie drückte die Hand des Jungen gegen ihre Brust und sagte: »Ach, Hondez, jetzt wird alles gut.«

Eine Woche schon wohnten sie in dem schönen Gartenhäuschen. Während dieser Tage begegneten sie keinem Menschen. Wurden sie morgens wach, war der Frühstückstisch gedeckt, das Zimmer aufgeräumt. Was immer sie sich wünschten, stand bereit.

Anfangs erstaunte es sie, aber bald gewöhnten sie sich so an diese Art, sorgenfrei zu leben, daß sie sich weiter keine Gedanken darüber machten. Unruhig wurde Aristid nur, weil Doktor Pretorius keinerlei Anstalten traf, Hondez zu untersuchen. Jedoch Hondez fand eine einfache Erklärung dafür.

»Doktor Pretorius ist ein kluger Mann«, sagte er zu Aristid. »Er hat sofort erkannt, daß er mir nicht helfen kann. Nun läßt er uns hier wohnen, weil er denkt, er muß uns etwas Gutes antun. Laß uns wieder hingehen, wo wir hergekommen sind.«

Aber als hätte Doktor Pretorius die Worte des Jungen mit angehört, kam er durch den Garten auf sie zu und meinte, von den Strapazen der langen Reise hätten sie sich jetzt wohl erholt. Es sei an der Zeit, mit der Arbeit zu beginnen. Er hieß Hondez, mit ihm zu kommen. Als er bemerkte, daß Aristid ihnen folgte, rief er unwillig: »Aber was denn, wozu denn, was soll ich mit Ihnen? Bleiben Sie, nun bleiben Sie doch!«

Eingeschüchtert blieb Aristid stehen.

Doktor Pretorius lief auf sein Haus zu, ohne achtzugeben, ob Hondez den Weg fand. Aristid fürchtete, Hondez könnte hinstürzen. Aber zu ihrer Verwunderung ging Hondez, als könnte er jeden Stein sehen, die Stufen des Hauses und die Tür.

Hätte Hondez gesunde Augen gehabt, er hätte bemerkt, daß Doktor Pretorius ihn in ein Zimmer führte, das angefüllt war mit Apparaturen, Drähte durchzogen den Raum wie Spinnwebfäden. Doktor Pretorius setzte Hondez in einen Lehnstuhl und streifte ihm metallene Bänder über den Kopf. Es sah aus, als hätte sich ein großer Käfer in einem gewaltigen Netz gefangen. Doktor Pretorius lief zwischen den Drähten umher wie eine riesige Spinne, die ihre Beute aussaugen will. Eine Vielzahl bunter Lämpchen flackerte auf. Wenn eins verlöschte, glimmte ein anderes. Nichts war zu hören als die Schritte des Arztes und das laute Atmen von Hondez. Er hatte den Wunsch, die Bänder vom Kopf zu reißen und fortzulaufen. Aber er zwang sich, ruhig zu bleiben. Erst als wieder das schaurige Geschrei jenes unbekannten Vogels erscholl und gleich darauf das wütende Bellen des Hundes, schlug Hondez mit den Armen um sich und wollte aufspringen. Aber mit Entsetzen stellte er fest, daß er sich nicht erheben konnte. Es schien, als klebe er am Stuhl fest. Hondez hörte die Stimme des Arztes. Sie kam von weit her, wie aus einer Wolke. Er verstand nicht, was Doktor Pretorius sagte. Aber er wurde ganz ruhig. Ihm war jetzt, als legte Aristid ihr Gesicht an das seine.

Als Hondez erwachte, lag er in seinem Bett im Gartenhäuschen, und Aristid küßte ihn auf die Stirn.

Wieder vergingen mehrere Tage, ohne daß sie Doktor Pretorius zu Gesicht bekamen. Aristid wollte wissen, was an jenem Tag im Hause des Arztes vor sich gegangen war. Aber Hondez konnte sich an nichts mehr erinnern.

Jetzt war sie es, die darauf drängte, fortzugehen. Doktor Pretorius, so meinte Aristid, spiele ein ungutes Spiel mit ihnen. Manchmal, wenn sie mit Hondez im Garten spazierenging, glaubte sie im Geschrei des Vogels, im Bellen des Hundes, im Fiepen der Ratte die Stimme des Arztes heraushören zu können. Doktor Pretorius war ihr ein schrecklicher Mensch.

Aber wenn sie dergleichen äußerte, lachte Hondez. Seit jener ungewöhnlichen Untersuchung empfand er eine starke Zuneigung zu dem seltsamen Mann. Das Verlangen, sehen zu können, wie Aristid sich das Haar kämmt, wie sie sich wäscht, wie sie schläft, wurde in ihm von Tag zu Tag stärker. Es konnte vorkommen, daß er vor Ungeduld mit den Fäusten gegen einen Baum schlug oder auf einen Stein. Versuchte Aristid dann, ihn zu beruhigen, richtete sich sein Zorn gegen sie. Einmal schlug

er sie sogar, erschrak jedoch, als ihm bewußt wurde, was er getan hatte, umfaßte Aristid, küßte ihren Mund, ihren Hals, ihr Kleid und weinte stumm.
Aristid und Hondez hatten keine Freude in dem schönen Garten und dem kleinen Haus darin. Sie fanden aber auch nicht die Kraft fortzugehen …

Der Nebel über dem Fluß war jetzt so dicht, daß auf dem Schiff kaum noch etwas zu erkennen war. Nur mit Mühe konnte ich den schmächtigen Körper Jan Cibulskis wahrnehmen. Alexander Gregorowitsch dagegen schien verschwunden. Es war merkwürdig still auf dem Schiff. Die Maschinen arbeiteten nicht. Ich rief nach Alexander Gregorowitsch. Aber er gab keine Antwort. Statt dessen schlug etwas Schweres ins Wasser. Ich griff nach Jan Cibulskis Arm.
»Wir sind irgendwo aufgefahren«, sagte ich.
»Nein, nein«, entgegnete Jan Cibulski, »so beruhigen Sie sich doch, nein wirklich, so lassen Sie doch meinen Arm los, nun lassen Sie ihn schon los.«
Er sprach wie Doktor Pretorius, und mir schien, er stotterte.
»Aber da ist jemand ins Wasser gestürzt«, rief ich.
»Wir ankern«, sagte Alexander Gregorowitsch, »bei diesem Nebel verkriechen sich sogar die Bisamratten.«
Ich hörte nur seine Stimme. Sehen konnte ich ihn nicht. Wahrscheinlich stand Alexander Gregorowitsch an der Reling.
Ich verspürte einen starken Druck gegen meinen Kopf, wie von Eisenbändern. Ich wollte aufstehen, aber Jan Cibulski saß auf einem Ende meiner Jacke. Ich hätte schwören können, er tat es nicht unbeabsichtigt. Am Ufer heulte ein Hund. Es war mir rätselhaft, wie in diese Abgeschiedenheit ein Hund herkam. Ich zerrte an meiner Jacke, aber Jan Cibulski saß fest darauf und tat, als merkte er es nicht. Er drückte mir die Wodkaflasche in die Hand und sagte: »Trinken Sie, nun trinken Sie schon, was trinken Sie nicht.«

»Ja, ja«, hörte ich die Stimme Alexander Gregorowitschs, »bei so einem Wetter ist es das beste.«
Ich trank und spürte in der Tat nicht mehr den Druck von Eisenbändern am Kopf. Ich sah auch plötzlich wieder Alexander Gregorowitsch. Er saß auf der Reling. Ich fürchtete, er könnte jeden Augenblick rücklings ins Wasser fallen.
»Um alles in der Welt«, rief ich, »Alexander Gregorowitsch, so ein Leichtsinn!«
Er lachte, reckte die Arme hoch und begann auf dem schmalen Holz hin und her zu schaukeln. Ich wollte zu ihm hinstürzen, glaubte, Alexander Gregorowitsch sei betrunken, und wollte ihn vor einem schlimmen Sturz bewahren. Jan Cibulski gab meine Jacke nicht frei. Im gleichen Rhythmus, in dem Alexander Gregorowitsch sich auf der Reling hin und her wiegte, klatschte er in die Hände. Es war, als tanzten die beiden.
»Nun bringen Sie Ihre Geschichte schon zu einem Ende«, sagte ich. »Doktor Pretorius hat doch Hondez sicher das Augenlicht wiedergegeben.«
»Hat er, hat er«, rief Alexander Gregorowitsch und klatschte dabei im gleichen Takt mit Jan Cibulski in die Hände.
Ich konnte es nicht mit ansehen und schloß die Augen. Als ich sie wieder aufschlug, stand Alexander Gregorowitsch vor mir, beugte sich über mein Gesicht und fragte: »Macht Ihnen der Nebel zu schaffen?« Und ehe ich noch antworten konnte, sagte er: »Es ist bald vorbei.« Dann setzte er sich, blickte ein Weile vor sich hin, als besänne er sich, und erzählte weiter, als hätte er die ganze Zeit über nur von dem schönen Garten gesprochen, in dem Aristid und Hondez ihre Tage bei Doktor Pretorius zubrachten.

Endlich erschien Doktor Pretorius ein zweites Mal im Gartenhäuschen. Er brachte Wein, Früchte und geräucherten Fisch. Zu dritt aßen und tranken sie. Doktor Pretorius machte keinerlei Anstalten, über Hondez und seine Krankheit zu sprechen. Ari-

stid hatte den Eindruck, er beobachtete, ja belauerte sie geradezu. Zuletzt hielt sie es nicht mehr aus.
»Wir sind nun schon einen Monat hier und können uns über nichts beklagen«, sagte sie, »und doch sind wir unglücklicher als je zuvor. Sie mögen es nicht für Undank nehmen, wenn wir bitten, uns die Wahrheit zu gestehen.«
»Die Wahrheit ist, Hondez kann geheilt werden«, erwiderte Doktor Pretorius.
Er sprach hastig und undeutlich, als wollte er nicht, daß ihn jemand verstünde.
»Dann tun Sie es«, rief Aristid und griff nach seiner Hand, »so tun Sie es, warum tun Sie es nicht.«
Der Mann sah sie aus roten Augen traurig an. Aristid bemerkte es mit Erstaunen.
»Fahren Sie nach Haus«, sagte er, »nun fahren Sie, warum fahren Sie nicht.«
Aristid, so sonderlich es klingt, verspürte Mitleid mit Doktor Pretorius. Sie hatte das Verlangen, ihn zu trösten.
»Wer verbietet Ihnen, uns zu helfen?« fragte sie.
Statt einer Antwort packte der Arzt sie derb beim Arm und sagte böse: »Kommen Sie!«
Als auch Hondez aufstand, drückte Doktor Pretorius ihn wieder auf den Stuhl.
»Sie nicht«, sagte er barsch, »nein, nein, Sie nicht.«
Er lief so schnell durch den Garten auf das Gebäude zu, daß Aristid Mühe hatte, an seiner Seite zu bleiben. Man hätte denken können, Doktor Pretorius fürchte sich vor etwas. Erst als sie in einem riesigen Kellergewölbe anlangten, verhielt er seinen Schritt. Aristid vernahm die gräßlichen Tierlaute, die sie all die Tage über gehört hatte, jetzt ganz nah. Der Vogel, der so böse kreischte, war ein Papagei. Ein wunderschönes Tier mit prächtig bunten Federn. Es war in einen Käfig gesperrt, gegen dessen Stäbe es immer wieder anflog, gereizt von einem zweiten Papagei, der vor dem Käfig saß und mit traurigen Augen

seinen Gefährten anblickte. Gleiches sah Aristid in einer anderen Ecke des Kellers. Nur steckte hier ein Wolfshund in einem Zwinger. Er fletschte die Zähne, bellte wild und sprang gegen das Gitter an. Auch hier saß ein zweiter Wolfshund vor dem Zwinger. Er hielt den Kopf schief, reckte den Hals zur Decke und heulte in langgezogenen Tönen. Zwischen Papagei und Wolfshund befand sich ein gläserner Kasten mit hohen Seitenwänden. In dem Geviert raste eine Ratte von einer Wand zur anderen. Sie sprang an diesen hoch, überschlug sich und stürzte zurück auf den Boden. Auch vor dem Glaskasten saß eine andere Ratte. Sie fiepte, und in ihren Augen standen Tränen.
Das alles war für Aristid so gräßlich anzusehen, daß sie die Hände vors Gesicht schlug. Eine Weile stand sie unbeweglich. Als sie die Hände wieder von den Augen nahm, konnte sie Doktor Pretorius nirgendwo entdecken. Sie mußte glauben, er hätte sie hier zu den Tieren gesperrt. Laut schreiend, rannte sie an den Käfigen vorbei zur Treppe. Ihre Angst war jedoch grundlos. Sie fand die Tür offen. Einer Ohnmacht nahe, sank sie Doktor Pretorius in die Arme.
Er führte sie in ein Zimmer, wo die Nachmittagssonne warm und freundlich durch die Fenster schien. Aristid war nicht fähig zu sprechen. Der Mann gab ihr Zeit, sich zu beruhigen. Er saß in einem Sessel und schaute Aristid ebenso traurig und stumm an wie der Papagei seinen gefangenen Gefährten.
»Was hat es mit den schrecklichen Tieren auf sich?« fragte Aristid nach einer langen Zeit.
»Dasselbe wie mit Ihnen und Hondez«, antwortete Doktor Pretorius.
»Das verstehe ich nicht.«
»Das können Sie auch nicht«, sagte er. »Nun drängen Sie mich nicht weiter. Sie leben glücklich mit Hondez. Ich würde Ihr Glück zerstören.« Doktor Pretorius redete, als flehe er darum, ihm eine böse Tat zu erlassen.

Aber so nah am Ziel, war Aristid nicht gewillt, sich mit rätselhaften Worten zu begnügen. War Doktor Pretorius gelehrt genug, Hondez zu heilen, sollte er es auch tun. Sie hörte nicht auf, den Arzt nach dem Geheimnis zu fragen, das sich hinter dem sonderbaren Verhalten der Tiere verbarg.

»Liebes Kind«, sagte Doktor Pretorius, er stotterte wie damals, als Aristids Vater bei ihm war, »vieles, was du in diesem Hause siehst und hörst, mag dir als böser Zauber dünken. Doch alles hat seine natürliche Erklärung.«

Er duzte Aristid, und sie war darüber keineswegs erstaunt.

»Ich habe viele Jahre hindurch gesucht, und es ist mir gelungen, höchst komplizierte Operationen durchzuführen. So zum Beispiel an diesen Tieren, die dich derart erschreckt haben. Du hast bemerkt, daß eines der Tiere tollwütig, das andere hingegen auffallend traurig ist. Es wird dich verwundern, wenn ich dir sage, das war nicht immer so. Für meine Experimente habe ich Tiere herausgesucht, die sich in großer Liebe zugetan waren. In einer solchen Liebe liegen gewaltige, für uns aber noch rätselhafte Kräfte. Die beiden Hunde fand ich eines Nachts im Wald. Einer war auf den Tod verletzt. Der andere saß neben ihm und heulte, daß ich es nicht mit anhören konnte. Ich übertrug ein Stück des gesunden Herzens in das kranke Tier. Zuerst schien alles gut zu werden. Dann ging eine merkwürdige Verwandlung vor sich. Während das kranke Tier genas, wurde das andere bösartig, biß um sich und wollte von seinem Gefährten, dem es doch ein Stück von sich selbst gegeben hatte, nichts mehr wissen. Ich wiederholte den Versuch mit Papageien und Ratten. Jedesmal trat das gleiche ein. Die Liebe in dem einen Tier nahm in dem Maße zu, wie der Haß in dem anderen wuchs.«

Doktor Pretorius lief erregt im Zimmer umher. Er nahm ständig die Brille ab und setzte sie wieder auf. Die letzten Sätze hatte er nur mit Mühe hervorstoßen können, so stotterte er.

»Fahren Sie«, rief er, »fahren Sie.«

Aristid begriff nicht, wie die Vorkommnisse mit den Tieren zu ihr und Hondez passen sollten. Hondez hatte ein gesundes Herz, war kein Hund, kein Papagei und sie keine Ratte.
»Wenn Hondez sehen soll, müssen Sie ihm Ihr Weinen geben«, sagte Doktor Pretorius.
Ohne auch nur einen Augenblick zu zögern, rief Aristid: »Aber von ganzem Herzen gern. Ich brauche es nicht. Wenn nur Hondez glücklich ist, bin ich es auch.«
Sie lachte, und ihr Lachen hörte sich an wie der Liebesruf einer Taube.
»Ich kann Ihnen das Weinen nehmen, aber ich kann es Ihnen nicht wieder zurückgeben. Niemals«, sagte Doktor Pretorius.
»Ich würde Hondez geben, was immer ich zu geben habe«, erwiderte Aristid, »meine Arme, meine Beine, mein Herz, mein Lachen.«
»Armes Kind«, entgegnete Doktor Pretorius, »du weißt sehr wenig vom Leben. Ich beschwöre dich, reise ab. Heute noch. Ich bin ein schwacher Mensch und kann der Versuchung nicht widerstehen. Es wird der Tag kommen, an dem Hondez mich verflucht, weil ich ihn sehend gemacht habe, dich aber blind.«
Er mochte reden, was er wollte, den Himmel anrufen und die Hölle, Aristid hatte darauf immer nur wieder dasselbe entgegenzuhalten: ihre Liebe zu Hondez. Ihr Weinen sei dieser gegenüber eine ganz und gar unnütze Sache. Glück, so erklärte sie, bedürfe der Fröhlichkeit, nicht des Weinens.
Doktor Pretorius war zu sehr von der Gier des Gelehrten nach Wissen besessen, als daß er auf die Dauer der Beharrlichkeit des Mädchens sich hätte widersetzen können. Er stimmte zu, in der folgenden Nacht noch, die gewagte Operation vorzunehmen.
Hondez, so kamen beide überein, sollte niemals erfahren, auf welche Weise er geheilt worden sei.
Es war ein glücklicher Tag. Aristid wenigstens glaubte ihn als einen solchen nehmen zu dürfen. Die sinkende Sonne ließ die

Wolken in tiefem Rot aufleuchten. Ihr weiches Licht ergoß sich in die Baumkronen, und die Blätter glitzerten wie Rubine. Die Erde schien Überfluß zu haben an Genuß, Schönheit und Lust. Aristid breitete die Arme aus. Sie wollte alle Herrlichkeit des Lebens umfangen. Sie erblickte Hondez vor dem Gartenhäuschen, auf einer Bank sitzend. Das alles, dachte sie, wird er bald sehen können, wie ich es sehe. Seine Freude wird die meine sein und mein Glück seins. Was soll da das Weinen. Doktor Pretorius schien ihr ein alter Mann, der sich im Keller seines Hauses besser auskannte als in der Liebe zwischen ihr und Hondez.
»Hondez«, rief sie, »Hondez.«
Sie sah, wie das Gesicht des Jungen heiter wurde. Er stand auf und kam ihr entgegen. Für kurze Zeit traf ihn voll das Licht der abendlichen Sonne. Aristid nahm es für ein gutes Zeichen. »Ich bin so froh«, sagte sie.
Hondez aber legte seinen Kopf auf ihr Haar.
Am späten Abend, die Sterne standen groß am Himmel, holte Doktor Pretorius Aristid und Hondez in sein Haus. Der Junge und das Mädchen hielten einander bei den Händen. Aristid hatte den festen Willen, genau hinzusehen, was Doktor Pretorius mit ihnen tat: wohin er sie führte, welche Geräte er nahm, welche Fläschchen und Salben. Aber sobald sie ins Haus traten, überkam beide eine große Müdigkeit.
Als Aristid und Hondez erwachten, lagen sie wie gewöhnlich in ihrem Zimmer. Sie hielten einander bei den Händen wie eben da, als sie das Haus von Doktor Pretorius betreten hatten. Es war heller Tag.
Hondez meinte, er träume Sonderbares. Neben ihm ruhte ein Mädchen. Ihr schwarzes Haar bedeckte Schultern und Brust. Die Wangen waren vom Schlaf gerötet. Der Mund, leicht geöffnet, ließ Zähne sehen wie Perlmutt. Alles an ihr war lieblich und verlockend. »Wer bist du?« fragte er.
Das Mädchen lachte. Hondez glaubte Aristid lachen zu hören, und doch war ihm das Lachen auch wieder fremd. Sie setzte

sich im Bett auf. »Kennst du mich nicht?« fragte das Mädchen.
»Nein«, sagte Hondez, »woher sollte ich dich kennen?«
»Doktor Pretorius hat dich operiert. Du kannst sehen, und du siehst mich«, rief sie. »Ich bin Aristid.«
»Nein, nein«, erwiderte Hondez, »Aristid lacht anders und hat eine andere Stimme. Bist du Aristid, so laß mich nach deiner Schulter fassen. Aristid hat dort eine Narbe.«
»Nun«, sagte Aristid und streift das Hemd von der Schulter. Und wirklich sah Hondez dort eine Narbe. Aber er glaubte seinen Augen nicht. Er streckte die Hand aus, um die Narbe zu fühlen. Dabei schloß er die Augen. Und es war alles so wie früher. Seine Finger zeigten ihm Aristid, wie er sie kannte: die weichen Schultern, die aufgeworfene Naht der Narbe, die glatte Haut und die Härchen unterm Ohr.
Aristid saß ganz still. Sie liebte es, von Hondez so angefaßt zu werden. Und doch empfand sie diesmal nicht eine solche Wärme in ihrem Körper wie früher immer, wenn Hondez sie berührte. Etwas war anders, aber sie wußte nicht, was. Sie umschlang Hondez und drückte ihr Gesicht fest an seins.
Hondez erkannte, daß Aristid sich ängstigte, wo sie sich doch hätte freuen sollen.
»Was hast du?« fragte er.
»Nichts«, sagte Aristid und schnell darauf noch einmal: »Nichts, nichts. Wir wollen aufstehen und in den Garten gehen.«
Hondez konnte nicht glauben, daß er wieder sehen sollte. Er schloß die Augen und öffnete sie. Er blinzelte gegen die Sonne, hielt das rechte Auge zu, dann das linke. Zuletzt lief er die dünne Naht zwischen zwei Brettern auf dem Fußboden entlang. Es bestand kein Zweifel. Er sah die Rosen im Garten, die Essigbäume, den Schatten der Sträucher und Steine. Er sah Aristids schlanken Hals, den schmalen Körper, das runde Kinn, die aufgeworfenen Lippen. Es erfaßte ihn ein so großes Glück, daß er Aristid küßte. Sie stand seltsam unbeholfen, ja steif da. Alles an ihr war kalt. Aber unter seinen Küssen erwärmten sich ihre

Lippen, ihre Haut, selbst das Haar. Sie liefen in den Garten, wuschen sich am Brunnen und waren glücklich.
Doktor Pretorius sah ihnen vom Fenster aus zu. Der Papagei kreischte, der Hund bellte, und die Ratte fiepte. Aristid schreckte zusammen, aber dann lachte sie. Es war ein merkwürdiges Lachen, fand Doktor Pretorius.
In den folgenden Tagen geschah nichts Ungewöhnliches, außer daß Aristid einen stärkeren Drang spürte, sich zu putzen. Immer öfter stellte sie sich vor den Spiegel und rief: »Ach du meine Güte, wie ich nur aussehe.«
Hondez glaubte, Aristid wolle sich für ihn schön machen, weil er sie ja nun sehen konnte. Und in der Tat war es anfangs auch so. Er holte Aristid den Kamm für das Haar, den Puder fürs Gesicht, den Stift für die Lippen. Im Schrank fanden sie viele Kleider. Hondez suchte die schönsten für Aristid heraus. Es war ein vergnügliches Spiel, an dem beide ihre Freude hatten. Sie vergaßen darüber Doktor Pretorius, die Zeit und die Welt außerhalb des Gartens. Und doch bemerkte Hondez an Aristid eine zunehmende Veränderung. Manchmal schien ihm, er sei ihr lästig. Küßte er sie, ließ sie es geschehen. Strich er über ihr Haar, ließ sie es geschehen. Faßte er ihre Hand, ließ sie es geschehen. Sie nahm seine Liebe, aber gab ihm keine. Sie war ein schöner zierlicher Ofen, in dem kein Feuer brannte. Einmal schenkte er ihr eine seltene Blume mit bizarren Kelchblättern. Aristid nahm sie und legte sie achtlos beiseite. Hatte sie sich zuerst über die kostbaren Kleider im Schrank gefreut, so hieß sie Doktor Pretorius jetzt einen geizigen Alten, der ihr zumute, immer das gleiche Zeug zu tragen. Und eines Abends fuhr sie Hondez unwillig an: »Steh nicht herum, lauf zu Doktor Pretorius und hole andere Kleider.«
Hondez erschrak über die harte Stimme des Mädchens. Er hielt die Hände vor Aristids Mund, wie um sich zu schützen. Kaum hatte er es getan, erstarrte Aristid in ihrer Bewegung. Es sah aus, als versuchte sie, sich an etwas zu erinnern. Sie zog die

Stirn kraus, und ihr Mund zuckte. Es schien, als wollte sie weinen, konnte es aber nicht. Das sah so kläglich aus, daß Hondez lachen mußte. Zugleich aber überkam ihn ein heftiges Gefühl der Liebe und Zärtlichkeit für Aristid. Er strich das Haar aus ihrer Stirn und küßte ihre Augen. Sie waren kalt wie der Schnee auf den Gletschern in seiner Heimat. Er wünschte, Aristid möge ihn mit ihren Armen umschlingen wie früher immer. Doch sie sah ihn an wie einen, den sie nicht kennt. So wurden seine Arme schwer, und sein Mund wurde müde. Er hatte keine Freude, Aristid zu küssen. Sie war wie eine Blume unterm Eis.

»Du bist müde«, sagte Hondez.

Er glaubte nicht anders, als Aristids Verhalten sei eine Folge ihrer großen Sorge um ihn. Nun, da die Operation glücklich verlaufen war, vermochte sie vor Erschöpfung nicht mehr die Freude genießen, ihre Seele war leer wie ein Brunnen im heißen Sommer.

»Ja«, sagte Aristid, »ich bin müde.«

Willenlos ließ sie sich zum Bett führen. Kaum hatte Hondez die Decke über sie gebreitet, schlief Aristid ein.

Hondez blickte lange ihr Gesicht an. Er fürchtete, es verlieren zu können.

Unser Schiff schaukelte leicht. Ein schwacher Wind war aufgekommen. Wir fuhren wieder.

»Bei der Mutter Gottes«, sagte Jan Cibulski, »ich bin ein alter Mann, habe mich in der Welt umgetan, und mir ist höchst Erstaunliches widerfahren. Aber was Sie uns da erzählen, Alexander Gregorowitsch, geben Sie's zu, was Sie uns erzählen, ist Ihnen auf diesem Schiff erst eingefallen. Ich wette, Sie wissen selbst nicht, wie die Geschichte weitergehen soll. Deswegen stecken Sie Aristid ins Bett, Doktor Pretorius macht inzwischen eine neue Erfindung, operiert das Mädchen, und alles hat sein gutes Ende. Das sind Sie Ihrem Märchen schuldig und

der hoffnungsfrohen Lebenshaltung in Ihrem und unserem Land.«
Alexander Gregorowitsch tat, als hätte er die Worte Jan Cibulskis nicht gehört.

»Hondez«, sagte er, »schaute sich um. Er konnte gar nicht anders, ja, ja, er mußte es tun. An der Tür stand Doktor Pretorius. Er war schrecklich anzusehen. So als wäre er aus dem Grab geradewegs ins Zimmer gekommen. Seine Lippen waren weiß, seine Stirn, sein ganzes Gesicht, nur die roten Augen brannten darin.«
»Fliehen Sie«, sagte er.
Doktor Pretorius sprach so leise, daß Hondez ihn kaum verstehen konnte.
»Hier haben Sie Geld. Ich beschwöre Sie, fliehen Sie. Aristid wird Sie töten, wenn Sie nicht fliehen.«
Hondez mußte glauben, Doktor Pretorius habe den Verstand verloren.
»Warum sollte mich Aristid töten?« fragte er. »Sie liebt mich, mehr als alles andere auf der Welt liebt sie mich.«
»Der Papagei hat es auch getan«, erwiderte Doktor Pretorius.
»Was für ein Papagei?« wollte Hondez wissen.
Aber Doktor Pretorius blickte Hondez nur stumm an, schlug mit einem Arm durch die Luft, als wollte er etwas zerschneiden, dann ging er.
Hondez saß noch eine lange Zeit verwirrt neben Aristid. Schließlich überwältigte ihn die Müdigkeit, und er schlief auch ein.
Am nächsten Tag drängte es Hondez, Aristid von dem Besuch Doktor Pretorius' zu erzählen, von seinen seltsamen Worten und seinem sonderbaren Benehmen. Aber dann meinte er, es wäre besser, solchen Unsinn erst gar nicht einem anderen mitzuteilen, sondern so schnell wie möglich diesen Ort, der ihm Angst, Freude und Staunen gebracht hatte, zu verlassen. Zuvor

jedoch wollte er Doktor Pretorius seinen Dank sagen. Er lief hinüber in dessen Haus. Aber nirgendwo war der Arzt zu finden. Hondez suchte ihn in jedem Zimmer, rief seinen Namen, aber es blieb alles still. Auch das häßliche Geschrei des Vogels und das wütende Bellen des Hundes waren nicht zu hören. Hondez lief zurück in den Garten und von dort wieder ins Haus. Schließlich stieß er auf eine hölzerne Treppe, die in den Keller führte. Er zögerte, ging dann aber doch entschlossen die Stufen hinab. Immer wieder rief er laut nach Doktor Pretorius. Das Kellergewölbe warf ihm seine Stimme als Echo zurück. Alles um Hondez war dunkel, plötzlich jedoch blendete ihn grelles Licht. Erschreckt sprang Hondez zurück, und wieder war tiefe Finsternis um ihn …

Sie sehen, wie naiv Hondez war, sagte Alexander Gregorowitsch. Was er für Spuk nahm, war eine ganz gewöhnliche Lichtschranke. Durchschritt er sie, erstrahlte der Keller wie von tausend Lampen. Und doch hatte Hondez Grund, sich zu fürchten. Als er ein zweites Mal die Lichtschranke durchquerte und also den Strom schaltete, erblickte er auf dem roten Marmorboden zwei Papageien, zwei Wolfshunde und zwei Ratten. Die Tiere waren tot. Sie lagen jeweils da wie zwei Liebende, die sich im Sterben umschlungen halten. Der Glaskasten, einstmals das Gefängnis der Ratte, war zertrümmert, die Käfigtüren waren geöffnet. Die Tiere lagen ganz friedlich da, sie zeigten ein glückliches Gesicht. Was jedoch Hondez so sehr entsetzte, war, daß jedes Tier weinte, obgleich es doch tot war. Bleich vor Schrecken, lief der Junge aus dem Keller und aus dem Haus in den Garten, wo hell und warm die Sonne schien. Er war kaum fähig, Aristid zu berichten, was er gesehen hatte. Das Mädchen blickte Hondez spöttisch, nahezu gelangweilt an. Ihre Augen hatten einen stumpfen Glanz wie zwei Steine im kalten Wasser eines Flusses.

»Was ist schon dabei?« sagte sie. »Du wirst ein Loch graben und die Viecher hineinwerfen.« Der tiefe Schlaf hatte Aristid kräftig gemacht und schön. Aber sie war ohne jeden Liebreiz. Die toten Tiere waren für Hondez weniger rätselhaft als Aristid.

»Wir wollen hier nichts anrühren«, sagte er. »Doktor Pretorius hat ein Wunder vollbracht und mir das Augenlicht zurückgegeben. Es tut mir leid, daß ich ihm dafür nicht danken kann. Laß uns, ich bitte dich, auf der Stelle fortgehen.«

Er hoffte, Aristid würde wieder Aristid werden, wenn sie den Garten verließen und das Haus.

»Keineswegs werden wir fortgehen«, entgegnete Aristid. »Was sollte uns dazu veranlassen. Dies alles hier gehört uns. Wir sind reich, du närrischer Mensch.«

Sie zeigte ihm einen Brief, der auf dem Tisch vor dem Gartenhäuschen gelegen hatte. Er war von Doktor Pretorius geschrieben, und er schrieb, daß sie nichts unternehmen sollten, ihn zu finden. Er werde nicht eher zurückkehren, als bis er nicht nur die Kunst beherrsche, Blinde sehend zu machen, sondern auch Sehende glücklich. Niemand würde kommen, ihnen den Besitz streitig zu machen. Bei einem Notar – er nannte Namen und Adresse – sei alles urkundlich hinterlegt. Nur darum bitte er, die beklagenswerten Tiere zu begraben und ihm zu verzeihen.

»Nun lauf und tu's«, rief Aristid.

Aber Hondez war außerstande, ein zweites Mal in den Keller zu gehen. Die Tiere jammerten ihn, zugleich aber beneidete er sie um das Glück, in dem sie vereint dalagen.

So lief Aristid selbst in den Keller, zerrte die Wolfshunde in den Garten, warf die Papageien und Ratten dazu und verscharrte die Tiere hinter dem Komposthaufen.

Hondez sah ihr von weitem zu. Der herzlose Eifer Aristids entsetzte ihn.

Viele Wochen vergingen. Aristid holte einen Gärtner ins Haus, eine Köchin und Frauen, welche die Räume sauber zu halten hatten. Sie liebte Geselligkeit und Feste. Der einst so stille Garten hallte wider von Lachen und Lärm. Und doch brachten Ari-

stid die Vergnügungen keine Zufriedenheit, obwohl sie immer prächtigere Gelage gab. Sie wurde in zunehmendem Maße zänkisch und herrschsüchtig. Der Gärtner schnitt ihr die Sträucher und den Rasen nicht recht. Die Köchin würzte die Speisen mal zu stark, mal zu schwach, die Frauen wischten den Staub nicht ordentlich aus den Ecken. Nur weil Hondez gut zu den Leuten war, ihren Fleiß lobte und ihnen heimlich etwas zusteckte, blieben sie. Aber bald schon richtete sich Aristids Mißmut auch gegen Hondez. Je weiter die Zeit fortschritt, um so mehr verlor sie die Fähigkeit, sich mit Arbeit und Spiel selbst zu beschäftigen. Von Langeweile gequält, wollte sie unterhalten sein. Sie wünschte, Hondez möge für sie musizieren, wie einst. Spielte er aber auf einer Geige, die er im Hause von Doktor Pretorius gefunden hatte, so hörte Aristid nach kurzer Zeit schon nicht mehr hin. Ihre Seele war taub geworden. Hondez spürte es wohl, und er litt darunter.
Einmal, als Aristid wieder verlangte, er möge ihr zur Erheiterung spielen, sagte er, lieber wolle er dergleichen für das Wasser im Brunnen tun, für das Gras und die Bäume als für einen Menschen, der verlernt habe zuzuhören. Aristid war über die Worte so erbost, daß sie vergaß, was sie Doktor Pretorius vor der Operation versprochen hatte. »Was«, schrie sie, »ich habe dir mein Weinen gegeben, und du weigerst mir eine kleine Freude.«
»Ich verstehe nicht, was du sagst«, erwiderte Hondez.
»Statt mir Vorwürfe zu machen«, rief Aristid, »solltest du deine Augen herausreißen. Sie gehören mir.«
Sie gab Hondez zu wissen, was er nicht wissen sollte.
Hatte Hondez in unglücklichen Stunden mit dem Gedanken gespielt, Aristid zu verlassen, so erschien ihm ein solches Vorhaben jetzt als ein Verbrechen. Schon lange hatte er Aristid nicht mehr in seinen Armen gehalten. Nun preßte er sie an sich und gab ihr alle Liebe, die er zu geben hatte. Er küßte immerzu ihre Augen, weil er hoffte, ihnen etwas von seiner eigenen

Wärme schenken zu können. Aber sie blieben stumpf und kalt. Nur Aristids Mund zuckte.

Von diesem Tage an war Hondez bestrebt, ganz für Aristid zu leben. Er pflegte den Garten, er würzte die Speisen, er ordnete die Zimmer. Fand er einen schönen Stein, brachte er ihn Aristid. Pflückte er Früchte, schenkte er die saftigsten Aristid. Ja, er griff sogar zum Instrument, wenn sie es verlangte, schloß aber während des Spiels die Augen, um nicht Aristids leeres Gesicht sehen zu müssen. Er glaubte an die Kraft seiner Liebe. Doch als Aristid während eines eitlen Vergnügens von Hondez forderte, zur Belustigung ihrer Gäste aufzuspielen, und er ihrem Verlangen mit Widerstreben nachkam, geschah zur Verwunderung aller Merkwürdiges. Kaum berührte Hondez den Bogen, wurden seine Finger steif, sein Körper erstarrte, die Geige fiel zu Boden und zerbrach. Man meinte, Hondez müsse ersticken, stürzte auf ihn zu, um ihm beizustehen, aber er schritt wie blind durch die aufgestörten Menschen hindurch, ging durch den Garten und verließ den Ort, der ihm nur kurzes Glück gebracht hatte. An einem Feldrain legte er sich ins Gras. Er wünschte zu sterben.

»Ich fluche dir, Doktor Pretorius«, rief er. »Ich fluche der Sonne, den Wolken. Ich fluche dem Gras, dem Korn. Ich fluche allem, was ich zu sehen vermag.«

Hondez wollte auch seiner Liebe zu Aristid fluchen. Aber er vermochte es nicht.

Schon tat es ihm leid, von ihr fortgegangen zu sein. Er lief eine Strecke Wegs zurück und blieb wieder stehen. Was er auch immer tun wollte, Aristid verlassen oder bei ihr bleiben, es war von gleichem Übel. Aristids Nähe würde ihn ebenso töten wie ihr Fernsein. Hoch am Himmel flogen zwei Kraniche. Hondez sah ihnen traurig nach, bis sie entschwanden.

Schließlich machte er sich auf den Weg zu seiner Pflegemutter. Die alte Frau herzte den Jungen, als sie ihn nach so langer Zeit und dazu gesund wiederhatte.

Sie kochte ihm Klöße mit Backpflaumen und pries in der ganzen Stadt die Kunst Doktor Pretorius'. Ihr kam nicht in den Sinn, nach Aristid zu fragen. Sie glaubte das Mädchen bei ihrem Vater. Als der von der Rückkehr des Jungen erfuhr, eilte er, so schnell er konnte, zu Hondez. Er fragte nicht nach dessen kranken oder gesunden Augen. Wo Aristid sei, wollte er wissen.

»Aristid gibt es nicht mehr«, erwiderte Hondez.

Über diese Worte entsetzte sich der Mann derart, daß Hondez fürchten mußte, er könnte sterben.

»Sie lebt«, rief er, »und ist reich und schön. Fahrt zu Doktor Pretorius und überzeugt Euch selbst. Aristid hat alles, wonach mancher verlangt.«

Warum Hondez nur einen so dummen Scherz mit ihm triebe, fragte der Mann. Und auch die alte Frau schalt den Jungen. Hondez blickte beide nur an und schwieg.

Wer immer in der Stadt Hondez kannte, kam in sein Haus. Jeder wollte etwas über seine wundersamen Erlebnisse erfahren. Aber Hondez flüchtete zum Fluß, dorthin, wo er mit Aristid manchen Tag gesessen hatte. Zum erstenmal sah er die weißen Stämme der Birken, das gelbe Wasser des Flusses, den weiten Himmel über dem flachen Land. Er streckte die Hand in die leichte Strömung des Wassers und sprach leise: »Delphin, großer Delphin, komm zu mir. Hörst du mich?«

Aber niemand kam, der seine Hände nahm und an seinem Gesicht wärmte.

Nachts stand Hondez am offenen Fenster seines Zimmers und spielte das Lied, das er einst in einem Übermaß an Glück für Aristid gespielt hatte. Jedoch er brachte es nicht zu Ende. Eine Saite des Instruments riß.

Zu dieser Stunde erwachte Aristid von einem heftigen Schmerz in den Augen. Ihr war, als verglühten sie. Sie lief zum Brunnen, schöpfte mit den Händen Wasser und ließ dieses auf ihre Augen träufeln. Es brachte ihr Linderung. Aber in dieser Nacht fand sie keinen Schlaf mehr.

Am nächsten Tag verließ Hondez die Stadt. Er nahm nur seine Geige mit. Wie sehr seine Pflegemutter auch bat und weinte, sie vermochte nicht, Hondez zurückzuhalten.
Es dauerte nicht lange, so kannte man in allen Ländern Hondez' Namen. Man lud ihn nach Rom ein und Moskau, Kairo und Kalkutta, Havanna und New York. Sein Spiel, schrieben die Zeitungen, sei von einer solchen Innigkeit, daß man glauben müsse, die Geige wäre ein Teil der Seele des Künstlers selbst. In ihr klinge Sehnsucht und Liebe und Schmerz. Jeder, der Hondez spielen höre, sei seltsam verzaubert. Der Traurige würde fröhlich und der Fröhliche traurig.
Obwohl Hondez die Liebe der schönsten Frauen hätte gewinnen können, lebte er einsam. Er konnte Aristid nicht vergessen. Lange schon war er des Herumfahrens in der Welt müde. Er tat es nur, weil er insgeheim Doktor Pretorius suchte. Wohin er kam, fragte er nach einem Arzt, der rote Augen habe und wunderliche Experimente mache. Hier und da führte man Hondez zu einem solchen Mann, aber immer war es ein anderer. Doktor Pretorius blieb verschwunden.
Hondez' Sehnsucht nach Aristid wuchs in einem solchen Maße, daß er krank wurde. Die Ärzte meinten, das viele Spielen sei schuld an seinem Siechtum. Aber Hondez wußte es besser. Doktor Pretorius hatte recht behalten. Aristid würde ihn töten. Wenn es denn so sein sollte, wollte er sie noch einmal sehen. Schon oft hatte Hondez Einladungen von Bürgern jener Stadt erhalten, in der Aristid lebte. Doch immer hatte er diese Einladungen ausgeschlagen. Jetzt, da er glaubte, sein Leben gehe zu Ende, wünschte er noch einmal zu spielen. Er machte zur Bedingung, daß es im Garten von Doktor Pretorius geschehen sollte. Könne man die Besitzerin nicht dazu bewegen, es zu gestatten, wolle er lieber darauf verzichten.
Damit brachte er die Bürger der Stadt in große Verlegenheit. Aristid lebte ohne Freunde. Nachdem Hondez sie verlassen hatte, waren auch bald der Gärtner, die Köchin und die Frauen

fortgelaufen. Es gab keine Freundlichkeit mehr, die sie hätte zurückhalten können. Immer öfter geschah es, daß geladene Gäste fernblieben. Zuletzt kam niemand mehr. Ja, zeigte sich Aristid in den Straßen der Stadt, wich man ihr aus. Sie lebte in dem Ruf, weder lachen noch weinen zu können. Die einen fürchteten sich vor ihr, andere wiederum verspotteten sie. Ob ihres Reichtums und ihrer Schönheit hatten sich anfangs mehrere Männer bemüht, Aristids Zuneigung zu gewinnen. Aber, so meinte ein jeder von ihnen bald, lieber wolle er einen Stein küssen als dieses Weib.

Auch Aristids Vater war nach kurzer Zeit wieder abgereist. Der Alte hatte geglaubt, die letzten Jahre seines Lebens sorgenfrei und in Ruhe verbringen zu können. Statt dessen nannte ihn Aristid einen unnützen Fresser und trieb ihn von früh bis spät zur Arbeit an.

Zuletzt blieb ihr kein Mensch. Die Blumen im Garten verdorrten. Die Früchte vertrockneten. Die Vögel bauten ihre Nester in anderen Gärten.

Jeden Morgen stellte sich Aristid vor den Spiegel. Das nämlich war ihr als einziges Vergnügen geblieben: sich ihrer Schönheit zu vergewissern. Aber ihre Lippen wurden dünn, die Haut wurde trocken, ihr weiches Haar spröde wie altes Gras. Es half nichts, daß Aristid sich in Eselsmilch badete, kostbares Öl und Salben aus Indien kommen ließ. Ihre Runzeln vermehrten sich von Tag zu Tag. Im Zorn zerschlug Aristid den Spiegel. Doch dadurch änderte sich nichts. Die Einsamkeit wurde ihr eine unerträgliche Qual.

Zu gleicher Zeit, da Hondez krank daniederlag, überfiel auch Aristid ein heftiges Fieber. Sie rief keinen Arzt, denn sie wünschte zu sterben.

Eines Morgens schleppte sie sich zum Brunnen. Das Fieber stieg so hoch, daß Aristid Wirklichkeit und Traum nicht mehr zu unterscheiden vermochte. Im Wasser erblickte sie nicht ihr Gesicht, sondern das von Hondez. Er breitete die Arme nach ihr

aus und rief: »Ich bin der große Delphin. Spring, Aristid, hab keine Angst!«
Aristid raffte sich auf und wollte in den Brunnen springen. Aber sie stürzte nur ins Gras. Der Tau netzte ihre Augen, und jeder, der sie so liegen sah, hätte meinen müssen, Aristid weine. Wenig später fanden sie einige Bürger der Stadt. Sie waren gekommen, Aristid zu bitten, dem außergewöhnlichen Geiger zu erlauben, in ihrem Garten zu spielen. Man brachte sie ins Bett und rief mehrere Ärzte. Keinem aber gelang es, Aristid das Bewußtsein wiederzugeben. Erstaunlich war das Benehmen der Kranken. Immer wieder setzte sie sich auf, breitete die Arme aus, als wollte sie jemandem entgegenlaufen. Ihr Gesicht bekam dabei einen Liebreiz, den man sonst an der boshaften Frau nicht kannte. Dann wieder rieb sie mit ihren Händen die Augen. Der Mund zuckte, die Schultern, und Aristid stöhnte, daß es die Leute jammerte. Niemand wußte Rat. Da Aristid ihr Einverständnis zu dem Konzert in ihrem Garten nicht geben konnte, die Bürger der Stadt aber auf den Genuß nicht verzichten wollten und die Ärzte meinten, auf keinen Fall könne der Auftritt des Geigers der Kranken schaden, teilte man Hondez mit, daß seine Bedingung erfüllt würde.
So also kehrte Hondez in das Haus zurück, wo sie größeres Glück erhofft, in Wirklichkeit aber Bitternis erfahren hatten.
Die weite Reise erschöpfte ihn derart, daß er nur mit Hilfe seines Arztes zu gehen vermochte. Dieser beschwor Hondez, nicht zu spielen, er riskiere dabei sein Leben. Hondez zeigte sich anfangs auch bereit, dem Rat des Arztes zu folgen. Aber dann erfuhr er von Aristids Krankheit und ließ sich zu ihr führen. Kaum stand er an ihrem Bett, bäumte sich Aristids Körper auf, und sie streckte die Arme nach Hondez aus. Es schien, als lägen in ihr Haß und Liebe, Abscheu und Verlangen miteinander in Streit. Hondez kniete nieder und küßte Aristids Augen. Sie waren heiß und trocken. Es wird alles so werden wie mit den Papageien, den Hunden und Ratten, dachte er. Aristid und ich

werden im Tod glücklich beieinanderliegen. Noch für den gleichen Abend ließ er das Konzert ausrufen. Auf die Einwände des Arztes erwiderte er: »Lieber Freund, wüßten Sie um mein Leben, Sie redeten anders.«

Es war eine helle Nacht. Warm und still. Alle Leute der Stadt waren gekommen. Wer im Garten keinen Platz fand, stieg auf das Dach eines nahe gelegenen Hauses oder auf einen Zaun. Der Mond hing rot am Himmel wie eine aufgehende Sonne.

Auf Hondez' Wunsch hin hatte man Aristid ins Gartenhäuschen gebettet und das Fenster weit geöffnet. Er selbst stellte sich davor. Alle warteten darauf, daß er begänne. Doch Hondez spürte eine so große Schwäche, daß er nicht vermochte, die Geige anzusetzen. Er blickte auf die Bewußtlose und sagte in die Stille der erwartungsvollen Menge: »Ich spiele für Aristid. Was sie mir gegeben hat, mag sie tausendfach zurückerhalten.«

Er schloß die Augen, denn er wünschte, wieder blind zu sein. Er strich mit dem Bogen über die Saiten des Instruments und spürte eine zunehmende Kraft in seinen Armen. Hondez spielte das Lied, das er schon einmal für Aristid gespielt hatte, einmal in Freude und einmal in Schmerz, jetzt aber verband sich das eine mit dem anderen. Das Lied spannte einen weiten Bogen durch die Nacht, schloß Glück und Leid, Zartheit und Kraft, Licht und Dunkel in sich ein. Als er geendet hatte, wagte niemand, Beifall zu rufen. Über dem Garten und über der Stadt lag ein großes Schweigen. Als Hondez die Augen öffnete, erblickte er Aristid. Sie lag da, als schliefe sie. Um ihren Mund war ein Lächeln, und ihre Augen weinten. Niemand außer Hondez begriff, was geschehen war.

Nie wieder hat Hondez auf dieser Geige gespielt.

Alexander Gregorowitsch sah mich verlegen an. Fast möchte ich glauben, er schämte sich, diese Geschichte erzählt zu haben. Es war morgens gegen halb drei. Der Nebel hatte sich so plötzlich aufgelöst, wie er gekommen war. Das Wasser des Irtysch leuchtete in tiefem Rot. Weit im Norden sahen wir die ersten kahlen Hügel von Chanty-Mansijsk.

»Der Tag wird heiß werden«, sagte Jan Cibulski.

Ich ging in meine Kajüte und fiel in festen Schlaf. Als ich erwachte, lag das Schiff im Hafen von Chanty-Mansijsk. Alexander Gregorowitsch und Jan Cibulski waren bereits von Bord.

Drei Wochen später las ich in einer Tjumener Tageszeitung, einer Gruppe von Ärzten sei in Moskau eine sensationelle Operation gelungen. Ein zwölf Jahre alter Junge, der für unheilbar blind galt, habe durch eine gewagte Nervübertragung das Augenlicht zurückerhalten. Spenderin sei ein Mädchen gleichen Alters gewesen. Beide Kinder befänden sich wohlauf.

DER SCHATTEN DES SIJAWUSCH

In den Tälern des Hindukusch erzählen Hirten folgende Geschichte: Es lebte ein Hirt mit seiner Frau. Allah schenkte ihnen einen Sohn, und weil die Augen des Kindes von außergewöhnlich brauner Farbe waren, nannten sie den Knaben Sijawusch. Die Alten lehrten den Jungen, was Hirten ihre Kinder lehren. Nicht lange, so fand Sijawusch die besten Weideplätze, die klarsten Quellen, und die Tiere gediehen unter seiner Pflege wie bei keinem anderen.

Eines Tages, der Winter war früh hereingebrochen, die Menschen zogen mit ihren Herden aus den Bergen ins Tal, hörte Sijawuschs Vater ein leises Stöhnen. Nicht weit von einer Felsgrotte fand er einen alten Mann, vom Fieber geschüttelt und dem Sterben nah. Der Hirt hieß seine Frau den Greis warm reiben, kochte einen Sud aus Wurzeln und Kräutern und gab dem Kranken davon zu trinken. Sie blieben, bis der Alte wieder zu Kräften gekommen war. Als sie jedoch den Genesenen aufforderten, mit ihnen zu ziehen, sagte der: »Allahs Segen mit euch. So Allah will, wird er mich hier behüten. Ich kann euch nichts geben als meinen Dank. Aber wenn ihr erlaubt, will ich euren Sohn die Kunst lehren, Moscheen zu bauen und Paläste, wie kein anderer sie zu bauen vermag. Ihr mögt ihn bei mir lassen, es wird sein Schade nicht sein.« Die Mutter entsetzte sich über solche Rede, der Vater jedoch erwiderte: »Allah ist groß und weise. Er hat bisher unser Leben gelenkt, er wird es auch weiterhin tun. So er will, wird unser Sohn ihm zu Ehren Moscheen bauen, und die Menschen werden ihn preisen.« Die Frau

zerriß ihr Kleid, schüttete Asche aufs Haar, aber ihr Weinen half nicht. »Allah ist unser aller Herr«, sagte der Hirt, »und wir sind seine Diener.« Er umarmte den Sohn, küßte ihn und überließ ihn der Obhut des Alten.
Im darauffolgenden Frühjahr zogen der Hirt und seine Frau mit ihren Tieren in die Berge. Sie suchten jene Felsgrotte, fanden sie aber eingestürzt. Da glaubten sie, ihr Sohn sei tot. Sie fielen auf die Knie, aßen nichts und tranken nichts, und baten Allah, sie von ihrem Leid zu erlösen.
Schließlich besann sich der Mann, trieb die Herde zusammen, schlachtete eine Ziege, briet sie über dem Feuer, hieß seine Frau essen und trinken, denn den Tag, aus der Welt zu gehen, bestimme Allah, niemand sonst. Ihnen sei aufgegeben, für das Vieh zu sorgen, und das wollten sie tun. Die Frau war gewohnt, dem Mann zu gehorchen. Aber alle Freude war aus ihrem Leben gewichen. Sie siechte dahin und starb, noch bevor der Herbst kam. Der Hirt brachte die Tote zur Felsgrotte und errichtete dort ein Grab aus Steinen. Von diesem Tag an sprach er kein Wort mehr. Das Unglück hatte ihm die Stimme genommen.
Sijawusch war nicht umgekommen. Der Alte war mit ihm in die Berge des Hindukusch gezogen. Dort lebten sie fernab an einem Ort, wo es im Sommer nicht heiß war und im Winter nicht kalt. Sie hatten ausreichend Wasser und Früchte, und es plagte sie keine Krankheit. Der Alte unterwies den Jungen in den Geboten des Korans, lehrte ihn den Stand der Sterne errechnen und welche Last Säulen zu tragen vermögen. Er zeigte ihm, wie man bei Tisch den Becher hält und wie man einen Fluß durchschwimmt. Er beobachtete mit ihm das Aufleuchten und das Mattwerden der Farben des Himmels, des Wassers und der Hänge. Der Alte beherrschte die Kunst, Steinen Leben zu geben, und auch das brachte er dem Jungen bei. So vergingen mehrere Jahre.
Während dieser Zeit errichteten der Greis und Sijawusch an einem einsamen Ort eine Moschee. Sie mußten für das Haus

Allahs nehmen, was die karge Berggegend ihnen gab: grobe Steine und hartes Gehölz. Aber sie stellten es auf einen kleinen Felsen gegen die Hänge. Sonne und Mond warfen im Wechsel ihr Licht darauf. Holz und Steine waren so kunstvoll geschlagen, daß die Moschee im Tau des werdenden Tages glitzerte wie Rubin, Amethyst und Smaragd. Als der letzte Stein gesetzt war, wendete der Alte sein Gesicht der Stadt des Propheten zu, kreuzte die Arme und verharrte lange Zeit im Gebet. Sijawusch, von der Arbeit erschöpft, legte sich auf die Erde und fiel in tiefen Schlaf. Er träumte, er stiege in einem Turm aus reinem Gold marmorne Stufen empor. Er könnte Städte sehen und Meere. Die höchsten Gipfel des Hindukusch blieben weit unter ihm zurück, und noch immer war die Spitze des Turmes nicht auszumachen. Eine wilde Gier erfaßte ihn, ganz oben zu stehen, die Welt unter sich. Er rannte, stürzte und raffte sich wieder auf. Schweißtriefend erwachte er. Der Alte saß am Feuer, aß gedörrtes Ziegenfleisch und trank Tee aus einem hölzernen Gefäß. Sijawusch setzte sich zu ihm und erzählte von seinem sonderbaren Traum. Der Mobad schürte das Feuer, gab Sijawusch von dem Fleisch zu essen und von dem Tee zu trinken. Dann sagte er: »Der Tag ist gekommen, wo du mich verlassen wirst. Könige werden dich zu ihrer Rechten sitzen lassen, Sklavinnen deinen Leib erfreuen. Die Sonne des Glücks wird über dir stehen. Doch hüte dich, deinen Schatten wachsen zu lassen, daß er anderen das Licht nimmt.« Niemals wolle er von hier fort, erwiderte Sijawusch. Was sollten ihm Könige, was Sklavinnen, er habe, was er brauche, den Tag und die Nacht, das Wasser und die Erde, eine Hütte und eine Matte, darauf zu schlafen, zu all dem ihn, seinen Meister und Lehrer, er wüßte kein größeres Glück. »Allah ist groß, und Allah ist weise«, sagte der Alte. »Er gibt, und er nimmt. Er hebt empor, und er läßt in die Finsternis stürzen.« Wieder beteuerte Sijawusch, daß er die Stille der Berge nicht eintauschen wolle gegen alle Paläste Bagdads und alle Schätze von Damaskus. Der Alte aber blickte ihn stumm an.

Zu dieser Zeit machte sich der Schah von Kabul auf, seine Provinzen zu bereisen. Sein Weg führte an jenem Ort vorbei, wo der Mobad mit dem Jungen lebte. Er verwunderte sich, in der Einöde des Hindukusch eine Moschee von so seltener Schönheit zu erblicken, befahl seinem Gefolge, die Zelte aufzuschlagen, und ritt mit einigen Begleitern auf die Moschee zu. Als der Alte die Herankommenden bemerkte, warf er sich vor ihnen auf die Knie, küßte die Erde und sprach: »Wer ihr auch seid, edle Herren, hier ist ein Ort Allahs und nichts Böses. Seid unsere Gäste, nehmt von dem Wasser, das wir trinken, und von den Wurzeln, die wir essen.« Sijawusch stand dabei, starr vor Staunen und Entzücken. Noch nie hatte er Männer erblickt, in so prächtige Gewänder gekleidet. Er konnte dem Zwang nicht widerstehen, auf den Schah zuzugehen und ihn anzufassen, seine Schuhe, sein Tuch, sein Schwert. Ein Begleiter des Herrschers wollte den dreisten Burschen zu Boden stoßen. Aber der Schah fand Vergnügen an dem einfältigen Jungen und befahl, ihn gewähren zu lassen. Wer die Moschee errichtet hätte, fragte er den Alten. Der deutete auf Sijawusch. Der Schah wollte es nicht glauben, doch der Greis entgegnete: »Gib ihm von dem Elfenbein, das den Kopf deines Pferdes schmückt, und heiß ihn daraus schnitzen, was dir beliebt. Unter seinen Händen lernen selbst Steine das Sprechen.« – »Es sei«, rief der Schah und warf

Sijawusch den elfenbeinernen Kopfschmuck des Pferdes zu. »Schnitze mir daraus einen Vogel, dessen Gesang den aller anderen Vögel an Vielfalt übertrifft, und bring ihn morgen zu meinem Platz.« Dann wendete der Herrscher von Kabul sein Pferd und ritt davon.

Einen Tag und eine Nacht schnitzte Sijawusch den weißen Vogel. Und er war von so feinem Filigran, daß, setzte man ihn auf einen Baum, jeder glauben mußte, einen Wundervogel zu sehen. Strich der Wind durch sein Federkleid, ertönte der schönste Gesang. Und wie der Wind seine Stärke änderte, so änderte sich das Lied. Als die Sonne aufstieg, lief Sijawusch zu den Zelten des Königs. Das Verlangen, die fremden Herren wiederzusehen, war so groß, daß er für den Alten kein Wort des Abschieds fand. Der blickte dem Davonstürzenden in Wehmut nach, hob die Hände zum Himmel und flehte den Segen Allahs auf ihn herab.

Den Schah versetzte der weiße Vogel in Verwunderung, und er faßte nach den Händen des Jungen, um dort nach Zeichen zu suchen, die eine solche Kunstfertigkeit der Finger hätten erklären können. Aber er fand nichts Auffälliges. Er ließ Kleider aus bestem indischem Tuch bringen und gebot, sie Sijawusch überzustreifen. Er selbst band ihm einen Gürtel mit kostbaren Steinen um und erlaubte dem Jungen, sich zu seiner Linken niederzusetzen. Dann befahl er, Wein in goldene Becher zu schenken, und war überrascht, wie geschickt sich Sijawusch an der Tafel zu benehmen verstand. Später verspürte er Lust, im See zu baden. Auch im Schwimmen stand Sijawusch den Männern nicht nach, und der Schah dachte: Niemals ist der eines Hirten oder eines Bauern Kind; wer weiß, wie er in diese Einöde geraten ist. Er fragte Sijawusch, ob er mit ihm nach Kabul kommen wolle, er sei Herrscher über alle Herrscher in diesem Land. Als der Junge das hörte, fiel er vor dem Schah auf die Knie, küßte ihm die Schuh und rief: »Ich kenn kein größeres Verlangen, Schahinschah.«

Noch zur selben Stunde brachen sie auf. Über Sijawusch war ein seltsamer Zauber gefallen. Er hatte den Alten vergessen. In Kabul schenkte der Schah Sijawusch ein mit Teppichen und Kristall reich ausgeschmücktes Haus. Diener sorgten für ihn, und Sklavinnen erfreuten ihn.

Eine Zeit verging, da ließ der Schah Sijawusch vor den Thron rufen. »Bau mir eine Moschee aus blankem Silber«, sagte er. »Kein Herrscher auf dieser Welt soll in seinem Reich eine gleiche haben. Sie soll heller leuchten als der Mond über Kabul.«

»Mächtigster aller Mächtigen«, erwiderte Sijawusch, »Allah zum Preis und dir zum Ruhm werde ich tun, was du gebietest. Gib mir das Silber, und ich gebe dir die Moschee.«

Der Schah schickte die Leute aus. Bald trugen Elefanten, Dromedare und Pferde von überallher gediegenes Silber nach Kabul. Sijawusch ließ die Moschee auf einem Plateau aus weißem Marmor errichten. Ihre Türme schienen aus tausend und tausend silbernen Fäden geflochten und reichten bis an die Wolken. In vier Brunnen, aus weißen Muscheln gefertigt, spielte klares Wasser. Das Licht des Mondes fing sich im Silber, in den Muscheln, im Marmor und vervielfachte seine Stärke. Aus allen Ländern kamen die Menschen nach Kabul, um dieses Kunstwerk zu schauen, aus Indien, aus China, aus Turkestan. Der Name des Baumeisters ging weit in die Welt.

Eines Nachts trugen Diener Sijawusch auf einen der Türme. Das Licht des vollen Mondes ließ Sijawuschs Schatten groß anwachsen. Er fiel über Frauen und Männer, die weit unten vor der Moschee knieten. Sijawusch war es, als beteten die Menschen zu ihm, und ihn erfüllte Stolz. Doch plötzlich fröstelte ihn. Er befahl, Tücher über seine Schultern zu legen, aber sie gaben ihm keine Wärme. Da hieß er die Diener, ihn vom Turm ins Haus zu tragen. Er ließ in allen Räumen Kerzen anzünden und rief Tänzerinnen, damit sie ihm Vergnügen brächten. Jedoch die Kälte blieb. So verlangte er nach Wein und befahl seinen Sklavinnen, ihm jede Lust zu gewähren, die er begehrte.

Erst als der Mond blaß wurde, fiel er in tiefen Schlaf. Am späten Mittag erwachte er, und ihm war, als hätte ihn ein böser Traum gequält.
Nicht lange, da gerieten der Schah von Kabul und der Herrscher von Bagdad in heftigen Streit um eine Provinz, die jedem von Nutzen war. Der Kaiser von Bagdad überschritt mit einem großen Heer die Grenzen von Kabulistan, verwüstete das Land und stürmte die Mauern von Kabul.
Es gab viel Jammer in der Stadt. Selbst die Steine brannten. Die Hitze wurde so groß, daß das Silber in der Moschee zu schmelzen begann. Die weißen Muscheln der Brunnen zersprangen, und das Wasser färbte sich dunkel. Sijawusch lief zu seinem Bauwerk und verlor fast die Sinne. Er schlug mit bloßen Fäusten auf die fremden Soldaten ein, schimpfte den Schah von Bagdad einen räudigen Hund und schrie, die Rache Allahs möge über ihn kommen. Die Knechte des Kaisers schlugen ihn zu Boden, packten ihn bei den Haaren und schleppten ihn vor ihren Herrscher. Als der erfuhr, wer da vor ihm im Staub lag, sagte er: »Ich könnte dir das Haupt abschlagen wie dem Schah von Kabul oder dich in einen Brunnen werfen, aber ich habe gehört, unter deinen Händen werden Steine lebendig, leuchtet Silber heller als der Mond, und dem Elfenbein entlockst du Gesang, vielfältiger als der eines Vogels. Hör auf, um deine silberne Moschee zu klagen und um deine weißen Muschelbrunnen. Ich schenke dir das Leben und nehme dich mit mir. Was sind die Schätze Kabuls gegen den Glanz Bagdads. Du wirst für mich eine Moschee bauen aus reinem Gold.« Er befahl seinen Ärzten, Sijawusch die Wunden zu heilen. Den Wesiren gebot er, ihn vor Gefahr zu schützen und ihm jeden Wunsch zu erfüllen.
Sijawusch, so unerwartet vom Tode errettet und von einer Stunde auf die andere in die Gunst des neuen Herren gekommen, bezog ein Haus vor der Stadt. Der Duft von Sandelholz und Moschus füllte die Räume, Zypressenhaine gaben reichlich Schatten. Sijawusch ging durch blühende Gärten, und wenn er

die Augen schloß, sah er eine goldene Moschee, die von Mal zu Mal prächtiger wurde.
Kabul aber brannte noch tagelang zu seinen Füßen.
In Bagdad schenkte der Schah Sijawusch ein Schloß, dazu fünfhundert Bediente und zweihundert Sklavinnen. Vor den Toren standen Wachen, ihm jede Störung fernzuhalten. Er wünsche eine Moschee, sagte der Schah, die heller leuchte als die Sonne. Er brauche tausend Karawanen Gold und noch einmal tausend Karawanen Edelsteine, erwiderte Sijawusch, dann wolle er bauen, was der Herrscher verlange. Woche um Woche zogen nun Karawanen aus allen Teilen des riesigen Reiches nach Bagdad. Ein Berg von Gold wuchs zwischen den Häusern der Stadt empor, desgleichen ein Berg aus Rubinen, Diamanten und anderen edlen Steinen. Tag für Tag ritt Sijawusch durch die Straßen Bagdads an jenen Platz, wo die Karawanen ihre Last abluden. Einmal entdeckte er in einer Kiste statt Gold Messing. Er befahl, den Kameltreiber auszupeitschen, und gebot erst Einhalt, als der Mann winselnd versprach, Gold herbeizuschaffen, rein, wie es zuvor niemand in Bagdad gesehen habe.
Als Sijawusch die Schätze ausreichend schienen, ließ er aus rotem Marmor einen gewaltigen Kegel errichten und bestückte ihn ringsum mit Edelsteinen. Die Arbeit ging schnell voran. Denn verlangte der Baumeister fünftausend Männer, sein Werk zu vollenden, so wurden sie ihm gegeben. Verlangte er zehntausend, brachte man ihm auch die.
Eines Tages, die Sonne neigte sich dem Untergang, stand Sijawusch auf dem Plateau. Da geschah das Wundersame: Sein Schattenbild wuchs riesenhaft an, dann wieder schmolz es zusammen und teilte sich in viele einzelne Schatten, die von ihm fortsprangen. Sijawusch erschrak, er lief in seiner Angst einem der Schemen hinterher und suchte ihn einzufangen. Aber immer, wenn er glaubte, seinen Fuß darauf setzen zu können, trat er auf einen in der sich neigenden Sonne blitzenden Edelstein. Sijawusch rannte hierhin und dahin, bis er erschöpft zusam-

menbrach. Da vereinigten sich alle Schatten und legten sich als großer Schatten neben ihn. Sijawusch schloß die Augen, er glaubte sich dem Tode nah. Aber es geschah nichts.
Als er die Augen öffnete, war die Sonne untergegangen. Bald erholte er sich von seinem Schreck und nannte sich einen Narren. Wovor er sich gefürchtet hatte, war nichts anderes gewesen als eine zauberhafte Brechung des Sonnenlichtes in den Rubinen. Er fühlte sich ohne Angst und war gewiß, daß nur er auf der Welt Steine zu setzen vermochte, die hundertfachen Schatten werfen.
Drei Jahre vergingen, da waren alle Edelsteine und alles Gold aufgebraucht, die Moschee jedoch war noch nicht vollendet. Sijawusch trat vor den Thron und verlangte weitere fünfhundert Karawanen Gold und dreihundert Karawanen Edelsteine. Der Schah hörte die Bitte mit Unwillen.
»Schon viele deiner Bauleute sind in der sengenden Hitze blind geworden«, sagte er, »Die Menschen in Bagdad fangen an zu murren.«
»Mächtigster aller Mächtigen«, erwiderte Sijawusch, »die Kröte versteht nichts vom Flug des Adlers, der Dumme nichts vom Tun des Klugen. Berge werden abgetragen, Flüsse trocknen aus, Land versinkt im Meer. Du stirbst, und ich sterbe. Von uns bleiben wird noch in tausend und tausend Jahren allein die goldene Moschee. Ich will ihre Türme so hoch bauen, daß man sie selbst im fernen China sieht.«
Diese Worte gefielen dem Schah. Er befahl, seinem Baumeister zu geben, was er verlangte. Noch einmal vergingen drei Jahre, da endlich war das Werk vollendet, und jeder in Bagdad glaubte, über der Stadt brenne eine zweite Sonne. Der goldene Bau wuchs wie aus Flammen über dem roten Marmor in den lichten Himmel. Niemand konnte an ihm hochsehen, ohne rußgeschwärztes Glas vor die Augen zu halten. Der Schah aber pries seinen Baumeister, erlaubte ihm, zur Rechten seines Thrones zu sitzen, ließ ein Fest ausrichten, das sieben Tage und sieben

Nächte währte, und öffnete in dieser Zeit den Palast für arm und reich. Am letzten Tag der großen Feier schickte er in die Frauengemächer, hieß eine seiner Töchter herbeiholen, wandte sich Sijawusch zu und sprach: »Das ist Sudabe, mir lieb wie keine andere. Sei du ihr Mann und sie deine Frau. Der Segen Allahs ruhe über euch wie über Bagdad und der goldenen Moschee.«

Sijawusch fiel auf die Knie und rühmte die Großmut seines Herrschers. Er nahm Sudabe bei der Hand und führte sie bis zum Fuße des Kegels, über dem sich die goldene Moschee erhob. Er hängte dem Mädchen, das jetzt sein Weib war, einen zweiten Schleier vors Gesicht. Doch als sie ihren Blick hob, traf sie das Licht so stark, daß sie die Hände vor die Augen hielt und zu Boden stürzte. Zutiefst erschreckt, nahm Sijawusch Sudabe auf seine Arme und trug sie in den schützenden Schatten einer Pinie. Dort legte er sie ins Gras und netzte ihre Augen mit kühlem Wasser. Ihr Gesicht schien ihm schön wie die zarte Blüte eines Mandelbaumes, und er entbrannte zu ihr in heftiger Liebe. Und auch Sudabe begehrte keinen anderen Mann als nur ihn.

»Ich werde dir eine Stadt bauen«, sagte er, »aus allen Schätzen der Welt.«

Er brachte sie in sein Schloß, übergab sie der Obhut dreier Sklavinnen und drohte ihnen den Tod an, würden sie Sudabe nicht hüten wie einen Tropfen Tau auf einer Blüte des Morgens. Er selbst aber ritt in der gleichen Nacht zu seinem Bauwerk, denn er konnte sich nicht satt sehen an dem Glanz und der Pracht, die der Schah und Bagdad allein ihm zu danken hatten. Da bemerkte er wieder ein sonderbares Schattenbild. Auf einem kleinen Pferd saß ein riesiger Reiter. Sijawusch blickte um sich, doch niemand war in seiner Nähe. Er bog vom Weg ab, um diesem Bild des Teufels auszuweichen. Der absonderliche Schatten aber folgte ihm. Sijawusch trieb sein Pferd in den Palast. Außer sich vor Angst, stürzte er in das Gemach seiner Frau und barg sein Gesicht an ihrem. Als Sudabe hörte, was ihn derart in Schrecken versetzte, zündete sie im Raum alle Kerzen an, stellte sich neben ihn, und siehe, ihrer beider Schatten war gleich groß.

»Dein Fleiß und deine Arbeit haben dich erschöpft«, sagte sie. »Du siehst, was es nicht gibt. Mich hat der bloße Anblick der Moschee in den Staub geworfen, du aber hast viele Jahre zugebracht, sie zu bauen. Wir wollen den Vater bitten, uns eine Provinz zu schenken. Dort wollen wir zufrieden leben und es mit dem genug sein lassen, was uns die Flüsse geben, die Erde und die Luft.« So geschah es. Der Schah erhob Sijawusch zum Herrscher über eine Provinz an der Grenze Turkestans. Es gab dort einen Streifen Wüste. Sijawusch ließ Kanäle bauen und machte die trockene Erde fruchtbar. Die Bauern priesen ihn als weisen Herrscher, Sudabe umgab ihn mit ihrer Liebe, und sein Schatten war wie der Schatten der anderen Menschen.

Jahre waren hingegangen, da kamen Spielleute in den Palast. Sijawusch nahm sie freudig auf, denn seine Provinz lag weitab von den großen Städten der Welt. Die Spielleute sangen von einer silbernen Moschee, die Kabul einst einen zweiten Mond gegeben hatte, und von einem goldenen Haus Allahs in Bagdad, das die Sonne an Licht übertraf. Da brach Sehnsucht und Verlangen in Sijawusch auf. Wer solche Kunstwerke errichtet hätte, fragte er. Die Sänger antworteten: der König von Kabul und der Kaiser von Bagdad. Bei diesen Worten erfaßte Sijawusch heftiger Zorn. Er ließ die Sänger aus der Stadt jagen, schwang sich auf ein weißes Pferd und hetzte es, bis es tot unter ihm zusammenbrach. Am nächsten Morgen befahl er seinen Schatzmeister zu sich. Er solle ihm sieben Berge aufschütten, höher als die schneebedeckten Gipfel Turkestans: einen Berg aus Perlen, einen aus Kristall, einen aus Silber, einen aus Gold, einen aus Elfenbein, einen aus Marmor, einen aus Edelsteinen. Der Schatzmeister erschrak, denn so viele Schätze besaß die Provinz nicht. Er wagte jedoch nicht zu widersprechen, schickte

Leute aus und trug ihnen auf, an keinem Haus vorbeizureiten und an keiner Hütte. Sie sollten den Kaufleuten die Ware nehmen, den Frauen ihren Stirnreif, den Hirten das Vieh und alles in Turkestan gegen Gold, Silber und kostbare Steine handeln. In dem bisher glücklichen Land kehrte die Not ein.

Indes suchte Sijawusch nach einem Platz, wo er eine Stadt errichten wollte, glänzender und gewaltiger als Bagdad. Von ihr sollten die Sänger überall in der Welt singen. Er ließ Flüsse umlenken, Zypressenhaine roden und grünes Land mit Marmor auslegen.

Eines Nachts, er ritt über den leuchtenden Marmor seiner sich ausbreitenden Stadt, sah er neben sich das Schattenbild eines Reiters. Der Schatten deckt nicht die Erde, sondern saß aufrecht auf seinem Pferd wie Sijawusch selbst. Sijawusch schlug mit der Peitsche nach der Erscheinung, aber er schlug in eine dunkle Leere. Es schauderte ihn, und er ließ, in den Palast zurückgekehrt, einen Mobaden kommen, das unheimliche Zeichen zu deuten.

»Herr«, antwortete der, »noch niemals ist mir Ähnliches begegnet. Allah ist groß, und Allah ist weise. Er allein weiß das Geheimnis zu lösen.«

Sijawusch schimpfte den Weisen einen Schwätzer und Taschenspieler und ließ ihn vom Hof treiben. Er fand lange keinen Schlaf. Als ihn zuletzt die Müdigkeit doch überwältigte, träumte er ein zweites Mal, er laufe einen Turm hinauf, er stürzte auf marmornen Stufen und drohe zu ersticken. In großer Angst schrie er auf. Sudabe weckte ihn, und Sijawusch fand Ruhe in ihren Armen. Am nächsten Morgen rief er von neuem nach einem Mobaden. Doch niemand vermochte die rätselhafte Erscheinung zu deuten. Sijawuschs Schatten aber wuchs und lag nicht zu seinen Füßen, sondern ging oder ritt neben ihm.

Schließlich meldete sich ein Alter im Schloß, hörte, was Sijawusch erzählte, und sagte: »Alles hat seinen Schatten, und jedem ist er gemäß, dem Baum, dem Tier, dem Menschen. Zürne mir nicht, Herr, Allah gibt Weisheit und schlägt die Toren mit Unwissen. Mir bleibt das Rätsel verschlossen. Aber vor Zeiten lebte in Damaskus ein weiserer Mann als ich. Er diente dort dem Schah als Baumeister. Man erzählt, daß unter seinen Händen der kälteste Marmor zu atmen begann. Eines Tages schenkte er seinen Sklaven die Freiheit, verteilte seinen Reichtum unter die Armen und ging fort. Einige wollen ihm in Indien begegnet sein, andere in Tibet, dritte im Hindukusch. Laß nach ihm suchen. Derweil aber halte ein, gönne den Bauleuten eine Rast, denn sie sind müde.«

»Solchen Rat haben Neider dir eingegeben«, erwiderte Sijawusch zornig. »Mond und Sterne werden meine Stadt umkreisen, und sie wird meinen Namen tragen.« Er schickte den Alten ohne Dank fort.

»Herr«, sagte dieser, »gib acht auf deinen Schatten.«

»Bei Allah«, rief Sijawusch, »das soll geschehen.«

Noch zur gleichen Stunde ließ er Soldaten kommen und befahl ihnen, seinen Schatten zu hüten wie ihn selbst. Niemand sollte ihm nahe kommen, kein Mensch, kein Tier. Und jeder Stein mußte ihm aus dem Weg geräumt werden. Dazu ließ er für seinen Schatten einen Palast aus Kristall errichten und die herrlichsten Gärten anlegen. Dichter mußten ihn in seinen Gesängen preisen und Bildhauer ihn in weißen Marmor schlagen. Bald schon fürchteten die Menschen im Land Sijawuschs Schatten mehr als den Herrscher selbst. Dabei wagte schon lange niemand im Schloß, anderes zu sagen als Sijawusch. Nannte er die Nacht Tag, so nannten alle die Nacht Tag. Und hieß er die Erde Himmel, so hießen alle die Erde Himmel.

Schon viele Male war über all dem der Mond gegangen und wiedergekommen, ohne daß Sijawusch sein Weib aufgesucht hatte. Denn näherte er sich ihrem Palast, blieb sein Schatten vor dem Brunnen wie festgebannt stehen. Versuchte Sijawusch weiterzugehen, fühlte er einen Schmerz, als sollte es seinen Leib zerreißen.

Verspürte er anfangs darüber noch Traurigkeit, so wandelte sie sich bald in Unlust, und zuletzt hatte er überhaupt kein Verlangen mehr nach Sudabe. Er vergnügte sich mit anderen Frauen.

Sudabe weinte und betete zu Allah um Gnade. Insgeheim schickte sie Boten aus, nach Indien, China und dem Hindukusch, um jenen weisen Mann zu suchen, von dem der Mobad zu Sijawusch gesprochen hatte. Aber die Zeit ging hin, ohne daß jemand den Gesuchten fand, und der Schrecken im Lande wurde immer größer. Kein Bauer, kein Hirt, kein Kaufmann in der Provinz besaß noch etwas, was ihm hätte geraubt werden können. Die Stadt jedoch war erst zur Hälfte gebaut. Da kam es Sijawusch in den Sinn, in Turkestan einzufallen, um von dort zu holen, was er brauchte. Die Schätze fielen ihm leicht zu. Denn wohin er auch mit seinem Heer kam, die Menschen faßte ein solches Entsetzen vor dem neben ihm reitenden Schatten, daß sie in die Berge flohen, Hab und Gut zurücklassend. Sie glaubten nicht anders, als böse Geister fielen über sie her. Sijawusch aber lachte über die Torheit der Leute, brachte jedesmal reichere Beute in sein Land und war gewiß, daß niemand ihm widerstehen könne.

Einmal verirrte er sich in einer felsigen Gegend. Nur wenige Begleiter waren bei ihm. Die Spur zu seinem Heer verlor sich auf dem steinigen Boden, und Sijawusch mußte fürchten, in einen Hinterhalt der Feinde zu geraten. Schließlich trafen sie auf einen alten Ziegenhirten. Sie fragten ihn nach dem Weg, erhielten aber keine Antwort. Sie fragten ein zweites und ein drittes Mal, ohne daß der Mann auch nur den Kopf hob. Sijawusch meinte, der Alte wolle sie in den Bergen umkommen lassen und befahl, ihn so lange zu peitschen, bis er redete. Er selbst stieg vom Pferd, um auszuruhen. Aber er fühlte sich sonderbar erregt und verlangte, ihm den Alten nochmals zu bringen. Ihm war, als hätte er ihn schon einmal gesehen, und er fragte den Hirten, woher er sei und wie er heiße. Aber der Alte schwieg. Das erboste Sijawusch derart, daß er den Mann erneut auspeitschen ließ. Da ereignete sich Merkwürdiges, der Mond verlor mehr und mehr sein Licht. Wind kam auf, und mitten im Sommer begann es zu schneien. Sijawusch befiel eine seltsame Angst. Er befahl, Fackeln anzuzünden, das Feuer zu schüren und den Hirten wiederum vorzuführen. Doch der war bereits tot. Es wurde so finster, daß Sijawusch den eigenen Schatten nicht sehen konnte. Er schrie nach seinen Leuten, aber im Sturm hörte ihn niemand. So plötzlich, wie das Unwetter hereingebrochen war, so plötzlich wurde der Himmel wieder mild. Sijawusch sah seinen Schatten groß neben sich sitzen, und er lachte, daß, wie er meinte, ein im Gebirge üblicher Wettersturz ihn geschreckt hatte.

Mit den geraubten Schätzen ritt er heim. Doch als er von seiner Stadt nur noch eine Tagesreise entfernt war, erblickte er nachts einen Feuerschein, als wenn der Himmel brenne. In banger Ahnung hetzte er der Stadt entgegen.

Unterwegs stieß er auf Männer seiner Palastwache, die nur mit Mühe ihr Leben hatten retten können. Sie warfen sich ihm zu Füßen und baten um Gnade, denn sie fürchteten, von einem Verderben ins andere geraten zu sein. »Allmächtiger Herrscher«, riefen sie, »alles ist verloren. Fliehe mit uns, und wir wollen dir bis ans Ende dienen. Der Schah von Turkestan ist mit einem Heer, so groß, daß es die Wüste verdunkelt, ins Land eingefallen. Dein Palast ist bis auf den Grund zerstört, Sudabe ist getötet, die Stadt ein Meer aus Flammen. Das Volk gehorchte dem Schah von Turkestan, nicht mehr dir. Fliehe, Herr.«

In dieser Nacht verwirrte sich Sijawuschs Geist. Das Heer und seine Vertrauten kehrten sich von ihm ab. Nur sein Schatten folgte ihm in die brennende Stadt. Die Flammen versengten ihm die Kleider. Nachts rannte er durch die Straßen und fluchte Allah. Soldaten aus Turkestan verwunderten sich über den sonderbaren Mann, banden ihn und warfen ihn vor den Thron ihres

Herrschers. Der erkannte Sijawusch und befahl, ihm die Fesseln zu lösen, ihn in die Berge zu treiben und dem Urteil Allahs zu überlassen, nackt, ohne Wasser, ohne Brot.
Hirten fanden ihn. Sie gaben ihm Kleider und Fleisch und Milch. Aber keiner nahm Sijawusch bei sich auf. Ein jeder fürchtete sich vor dem Mann, den sein Schatten begleitete, ob die Sonne schien oder nicht, und der nicht zu seinen Füßen lag, sondern aufrecht neben ihm herlief.
Es vergingen viele Jahre, und Sijawusch konnte nicht sterben. Einmal kam er, tief im Hindukusch, zu einer eingestürzten Felsengrotte, neben der ein Grab aus Steinen errichtet war. Sijawusch legte sich neben das Grab und schlief ein. Da träumte er ein drittes Mal, er laufe die Stufen eines Turmes hinauf. Schweiß rann über sein Gesicht, die Kräfte verließen ihn, aber er konnte nicht einhalten. Plötzlich brach der Turm in sich zusammen und riß ihn in die Tiefe. Sijawusch stöhnte laut und erwachte. Er sah den nächtlichen Himmel über sich, und ihm war, als erblickte er Mond und Sterne nach einer langen Zeit wieder zum ersten Mal. Er stand auf, ging zur Felsgrotte und wollte sich niederbeugen und die Steine berühren. Doch er vermochte es nicht, denn sein Schatten, der aufrecht neben ihm stand, war stärker als er. Und wieder verspürte Sijawusch einen Schmerz, als müsse es ihn zerreißen.
Abermals vergingen Jahre. Sijawusch irrte in den Bergen des Hindukusch umher, kehrte aber immer häufiger zum Grab und zu der Felsgrotte zurück. Zuletzt blieb er ganz an diesem Ort. Er fand eine Quelle und nährte sich von Wurzeln und Kräutern. Immer wieder versuchte er, einen Stein der Grotte aufzunehmen. Es gelang ihm nicht, aber er konnte nicht aufhören, nach den Steinen zu greifen. Und da geschah es: Eines Tages beugte sich der Schatten mit ihm. Sijawusch hob einen der Steine auf, hielt ihn in seinen Händen, tastete ihn ab, und ihm schien, als lebte der Stein. Da erkannte er, wo er war. Er fiel auf die Knie, berührte mit der Stirn die Erde und weinte. Er wußte nicht,

wessen Körper hier lag, der seines Lehrers, seines Vaters oder seiner Mutter.
Sijawusch errichtete über dem Grab eine Moschee. Sie war wie aus flüssigem Stein gegossen. Ihr Turm wuchs aus zwei Bögen empor wie zwei Arme, die ineinander verschmelzen und sich zum Himmel strecken. Seinen Schatten aber mauerte er in den Stein.

Noch heute kommen die Weisen unter den Herrschern und die Großen unter den Baumeistern hierher und bitten Allah, daß er ihnen die Kraft gibt, stärker zu sein als ihr Schatten.

DER KLEINE HÄSSLICHE VOGEL

Es war einmal ein kleiner Vogel. Er war häßlich. Noch häßlicher als schmutziger Schnee. Er saß allein auf einem Baum. Der war alt und hatte keine Blätter mehr. In den schönen grünen Baumkronen saßen die anderen Vögel. Und wenn der kleine Vogel zu ihnen wollte, da gab es großes Geschrei. Er war wirklich ein häßlicher Vogel. Selbst die Hunde liefen fort, wenn sie ihn sahen.
So saß er allein auf seinem Baum, und manchmal weinte er und sagte: »Ach, wäre ich doch ein schöner Vogel. Wenn man häßlich ist, ist das Leben häßlich. Und wenn man schön ist, ist das Leben schön. Ach, ich armer, häßlicher kleiner Vogel.«
Aber er sagte es ganz leise. Denn niemand wollte ihn hören. Nur nachts, wenn die anderen Vögel schliefen, machte er den Schnabel auf und sang ganz leise, damit er die anderen in ihren Nestern nicht weckte. Und das klang so schön, daß die Gräser unter dem alten Baum sich im Schlaf hin und her wiegten und die Sterne die Wolken fortschoben und zu ihm hinabschauten.
Der Mond aber jammerte und sagte: »Ach, was für ein Unglück. Warum bin ich gerade jetzt nur halb. Einen so schönen Vogel habe ich noch nie gehört.« Und er blieb stehen und wollte gar nicht weiter über den Himmel gehen und sagte immerfort: »Was muß das nur für ein schöner Vogel sein, wenn der so schön singt. Nein, so ein schöner Vogel.«
Es war ein alter Mond. Und deswegen sagte er immer dasselbe. Aber der kleine Vogel hörte es gern. Und weil soviel Freude in ihm war, sang er noch schöner. Die beiden verstanden sich ganz gut. Der Mond und der Vogel. Ich glaube, sie liebten sich. Wenn

der Mond fortging, wurde der kleine Vogel ganz stumm. So eine Sehnsucht hatte er.
So kam es, daß die Sonne den kleinen Vogel nie hören konnte. Und sie hätte ihn so gern gehört. Denn wenn der Mond ihr für kurze Zeit begegnete, erzählte er, was für einen schönen Vogel er doch gehört hatte. Er erzählte jeden Tag dasselbe. Er war wirklich ein alter Mond.
Die Sonne aber wurde von Tag zu Tag trauriger. »Ach, wäre ich doch keine Sonne«, sagte sie. »Ein Mond hat es viel besser.«
Und wenn sie sich für den Tag schön machte, sah sie in den Spiegel und sagte: »Was nützt mir all die Schönheit, wenn ich das Lied nicht hören kann. Ich werde sterben und habe den kleinen Vogel nicht gehört.«
Und weil die Sonne traurig war, war auch der Tag traurig. Er wickelte sich in nassen Nebel und nieselte vor sich hin. Und weil der Tag traurig war, waren auch die Bäume traurig und die Häuser und die Vögel und die Drähte und die Antennen. Es war überhaupt eine traurige Welt.
So konnte es nicht weitergehen.
»Flieg durch die Wolken«, sagten die Vögel zum Habicht, »und frage die Sonne, was los ist. Schließlich ist Sommer. Und wenn Sommer ist, ist Sommer. Und da hat sie sich daran zu halten. Wie sollen unsere Jungen fliegen lernen, wenn sie solche verrückten Sachen macht. Nein, so was. Was die sich nur denkt?«
Und der Habicht flog durch die Wolken und fragte die Sonne: »Was ist mit dir los? Schließlich ist Sommer. Und wenn Sommer ist, ist Sommer. Wie sollen unsere Jungen fliegen lernen, wenn du solche verrückten Sachen machst?«
»Ach«, sagte die Sonne. »Ich habe ein krankes Herz und werde sterben.«
»Ja, ja«, sagte der Habicht und machte ein trauriges Gesicht. Denn er war ein kluger Habicht und dachte, wenn die Sonne jammert, muß ich mitjammern, das schmeichelt ihr, denn sie ist eine schöne Sonne.

»Wenn ich sterbe, müßt ihr auch sterben«, sagte die Sonne.
»Ja, ja«, sagte der Habicht. Und sein Gesicht war noch trauriger. Was für ein dummer Habicht, dachte die Sonne. Dem macht das Sterben nichts aus. »Aber ich will nicht sterben«, sagte sie.
»Ich auch nicht«, sagte der Habicht, »meine Jungen können noch nicht fliegen.«
»Was redest du dann so dummes Zeug«, sagte die Sonne.
Und der Habicht sagte: »Ja, ja. Was rede ich nur für dummes Zeug. Entschuldige, ich bin ein dummer Habicht. Lassen wir also das Sterben, und machen wir wieder unsere Arbeit. Mach du den Tag schön, und wir wollen unsere Jungen fliegen lehren.«
»Das kann ich nicht«, sagte die Sonne. »Mein Herz ist krank und meine Sehnsucht zu groß. Ich muß den kleinen Vogel singen hören. Dann kann ich wieder den Tag schön machen.«
»Wenn's weiter nichts ist«, sagte der Habicht.
»Ach, wie willst du es wohl besorgen?« sagte die Sonne. »Du kannst ja selbst nicht einmal singen. Alle Mäuse laufen in ihre Löcher, wenn sie dich schreien hören. Wie willst du das wohl besorgen?«
»Laß mich nur machen«, sagte der Habicht, »wenn die Erde sich einmal gedreht hat, hörst du den kleinen Vogel singen.«
Und er flog durch die Wolken zurück und rief alle Vögel, und sie machten eine Versammlung. Auch der kleine Vogel kam. Denn er dachte: Es muß wohl eine wichtige Versammlung sein, wenn sie von überallher kommen, vom Wald und vom Fluß, von den Bergen und vom Meer, vom Feld und vom Sumpfgras. Da darf ich nicht fehlen, bei einer so wichtigen Versammlung. Und er kam und sagte: »Guten Tag.«
Aber keiner hörte ihn. Nur der Pfau spreizte seine Federn und schrie: »Was willst du denn hier, du häßliches Ding? Man wird ja, nein, man wird ja, ganz melancholisch wird man.«
»Nun laßt ihn schon«, sagte der Habicht, »schließlich ist er ja auch ein Vogel.« Und da der Habicht zur Sonne geflogen war und Rat wußte, wie sie wieder zum Leuchten gebracht werden

sollte, hörte man auf ihn. Und der kleine Vogel blieb da. Er setzte sich ganz nach hinten unter eine Distel und bedeckte mit den kurzen Flügeln seine Beine, denn er fror auf der kalten Erde.
Der Habicht aber fing an.
»Vögel«, rief er, und es wurde ganz still. Man hörte, wie die Blätter aneinander rieben, so still war es. Das gefiel dem Habicht, und er rief gleich noch einmal: »Vögel!« Aber es konnte nicht mehr stiller werden. Den Blättern war es gleich, was er rief. »Die Sonne hat ein krankes Herz«, rief der Habicht, »und ihre Sehnsucht ist zu groß. Sie kann erst den Tag wieder schön machen, wenn sie den kleinen Vogel hat singen hören.«
»Welchen kleinen Vogel?« fragte die Lerche. »Es gibt so viele kleine Vögel.«
»Ich weiß es auch nicht«, antwortete der Habicht. »Wir müssen eben jeden singen lassen.«
Und alle Vögel mußten vortreten und ihr Lied singen. Die Meise sang und der Fink und das Rotkehlchen und der Zaunkönig. Selbst der Spatz mußte vortreten. Aber all diese Lieder kannte die Sonne schon. Ihre Sehnsucht blieb und so auch ihre Traurigkeit. Und der Tag nieselte weiter vor sich hin. Es war wirklich ein trauriger Tag. Nichts wollte helfen. Und die Vögel fingen an, den Habicht zu beschimpfen, weil sie glaubten, er hätte sie betrogen. Ja, der Adler war so zornig, daß er zum Habicht hinflog, ihn packte und ihn töten wollte.
»Töte mich nicht«, bat der Habicht. »Es ist alles so, wie ich es gesagt habe. Wenn du mich tötest, ist alles verloren.«
Aber der Adler hörte nicht auf das, was der Habicht sagte. Er flog mit ihm auf einen hohen Felsen und wollte den Habicht in das Meer stürzen.
Der Habicht hatte große Angst. »Gib mir die Stunde Zeit bis zum Abend«, bat er. »Wenn ich bis dann den kleinen Vogel nicht gefunden habe, magst du mich töten.«
»Gut«, sagte der Adler. »Ich gebe dir eine Stunde. Hast du bis dahin den Vogel nicht gefunden, stürze ich dich ins Meer.«

Und er brachte den Habicht wieder zurück zu den anderen Vögeln.
Der Habicht setzte sich auf einen Stein und dachte nach. Aber so sehr er auch nachdachte, es fiel ihm nichts ein. Seine scharfen Augen gingen noch einmal über alle Vögel hin. Alle hatten sie gesungen, und doch war die Sonne fortgeblieben. Er sah auch den häßlichen kleinen Vogel unter der Distel. Der hatte nicht gesungen. Der kann mir auch nicht helfen, dachte der Habicht, ein Spatz singt schöner als der. Es blieb nur noch wenig Zeit. Der Habicht ließ seine Flügel fallen, senkte den Kopf und wartete auf seinen Tod.
Der kleine Vogel sah, wie der Habicht dasaß, und es wollte ihm das Herz abdrücken. Der Schmerz des Habichts bereitete auch ihm Schmerz. Er flog unter seiner Distel hervor und setzte sich zum Habicht auf den Stein. »Sei nicht traurig«, sagte er.
»Wie soll ich nicht traurig sein«, sagte der Habicht. »Ich habe den kleinen Vogel nicht gefunden, der die Sonne zum Leuchten bringt. Und in wenigen Minuten wird mich der Adler ins Meer stürzen.«
»Wie kann ich dir helfen?« fragte der kleine Vogel.
»Es kann mir keiner mehr helfen«, antwortete der Habicht. »Alle Vögel haben schon gesungen, und ich weiß keinen Ausweg mehr.«
»Ich habe noch nicht gesungen«, sagte der kleine Vogel.
»Ach du«, sagte der Habicht. »Was willst du schon singen? Du bist so häßlich, wie kannst du da die Sonne zum Leuchten bringen?«
»Laß es mich versuchen«, sagte der kleine Vogel.
Ich muß so und so sterben, dachte der Habicht. Also soll er singen.
Und der kleine Vogel saß auf dem Stein neben dem Habicht und sang. So schön sang er, daß sich die Wolken zerteilten und die Sonne auf die Welt schien. Das Gras hörte auf, sich zu wiegen, und die Blätter hörten auf, sich aneinander zu reiben.

Alle Vögel saßen da und hielten den Kopf zur Seite. Der Habicht mußte weinen. So glücklich war er, und er schämte sich wohl auch. Noch glücklicher aber war der kleine, häßliche Vogel. Er war wirklich ein häßlicher Vogel.

VOM HAHN, DER AUSZOG, HOFMARSCHALL ZU WERDEN

Es war einmal ein Hahn, und er lebte in Spanien.
Jeden Morgen, bevor die Sonne aufging, stieg er von seiner Leiter, reckte den Hals zum grauen Himmel und krähte. Der Hund kroch aus seiner Hütte, der Bauer stieg aus dem Bett, und die Kühe brüllten, denn sie wollten gemolken sein. So begann der Tag, und alle waren zufrieden.
Es war ein schöner Hahn. Die Federn seines Schwanzes waren lang und bunt. Und wenn die Sonne auf seinen Kamm schien, leuchtete dieser wie Gold. So freute sich ein jeder über das schöne Tier. Das Huhn, dem er zugehörte, brütete ihm viele Küken aus, und der Hahn scharrte den ganzen Tag nach Körnern, um die Seinen satt zu machen.
Nun geschah es, daß nach einer langen trockenen Zeit ein starker Regen fiel. Das Wasser überschwemmte den Hof. Der Hahn saß auf seiner Leiter und wartete auf die Sonne, daß sie die Erde trockne. Und als es so weit war, daß die Sonne auf das Wasser schien, leuchtete der Tag in vielen Farben, und alles auf dem Hof lebte im Spiegel des Wassers zweimal.
Der Hahn sah von seiner Leiter, erblickte sein Spiegelbild und sagte zum Huhn: »Was für einen schönen Hahn hat uns der Regen gebracht.« Und er neigte seinen Kopf und grüßte sein Ebenbild. Und da dieses ein Gleiches tat, sagte der Hahn: »Was für ein höflicher Hahn.« Und er reckte ihm seinen Hals zu und grüßte ihn mit lautem Krähen.

»Mein lieber Mann«, sagte das Huhn, »was du dort siehst, bist du selbst. In ganz Spanien gibt es keinen schöneren Hahn als dich.« Als der Hahn das hörte, schaute er immer und immer wieder auf den Spiegel des Wassers und konnte sich nicht satt sehen an seiner Schönheit.

Zuletzt stieg er auf die oberste Sprosse der Leiter, denn er meinte, einen so schönen Hahn müßten alle sehen.

Und da saß er den ganzen Tag und die ganze Nacht bis zum Morgen. Da er aber den Schlaf versäumt hatte, versäumte er auch das Krähen, und das ganze Dorf schlief bis in den hellen Tag. Die Kühe brüllten vor Schmerz, denn ihre Milch drückte. Der Bäcker hatte sein Brot nicht gebacken und der Bauer seine Pferde nicht gefüttert.

Der Bauer war zornig über den Hahn. Da er ihn aber so müde auf der Leiter sitzen sah, meinte er, das Tier sei krank, holte es in seine Küche und gab ihm die besten Körner, die sich fanden, und das klarste Wasser.

Der Hahn glaubte nicht anders, als der Bauer erweise ihm damit seine Hochachtung, fraß die Körner, trank das Wasser und begab sich wieder auf den Hof. Alsgleich flog er dort auf den Brunnen und suchte im Wasser sein Bild. Und als es ihm entgegensah, verneigte er sich und ergötzte sich an seiner Schönheit.

Das Huhn aber scharrte unentwegt den ganzen Tag, um seine Küken satt zu machen. Und wenn es bat: »Ach, lieber Hahn, so hilf mir doch!«, so hörte er es nicht. So ging es eine Zeit. Eines Tages rief der Bauer seine Frau und sagte: »Ich bin es leid. Der Hahn ist zu nichts nutze, so wollen wir ihn schlachten und eine Suppe kochen.«

Die Frau aber dauerte das schöne Tier, und sie antwortete: »Lieber Mann, der Hahn hat uns treu gedient, und hat ihn eine böse Krankheit befallen, so wollen wir ihn dafür nicht auch noch strafen. Mag er seine Tage auf unserem Hof verbringen. Reicht's für uns, so reicht es auch für ihn.«

So lebte der Hahn dahin, saß auf dem Brunnenrand und schaute unentwegt in das Wasser, das ihm sein Bild zurückwarf. Und da er sich wenig rührte, wurde er steif und fett. Seine Federn verloren ihren Glanz, und sein Kamm ward gelb und welk.
Niemand beachtete das närrische Tier weiter, nur dem Huhn wollte es das Herz brechen; denn es liebte den Hahn, ob er nun schön war oder stumpf und grau. Was es an Würmern und Körnern fand, gab es seinen Küken, und was die nicht fraßen, brachte es dem Hahn, der es nahm ohne den geringsten Dank.
Nun hatte der König von Spanien seinen Hofmarschall in den Kerker geworfen, da ihm dieser einige Säcke Gold durchgebracht hatte. Und er schickte Boten ins Land, um ausrufen zu lassen, wer klug sei und stark und zudem schön, der möge an den Hof kommen. Gefiele er dem König, wolle er ihn zum Hofmarschall machen.
Das hörte der Hahn, und er sprach zum Huhn: »Was der König fordert, erfülle ich in hohem Maße. Wenn ich des Morgens krähe, steigt der Bauer aus dem Bett, der Bäcker bäckt Brot, und der Müller mahlt Mehl. Also bin ich stark, denn sie gehorchen mir. Klug bin ich nicht minder. Du scharrst den ganzen Tag nach Körnern, die Pferde schleppen den Pflug, und die Rinder ziehen den Karren des Bauern. Ich jedoch sitze im Schatten des Brunnens und habe nicht weniger zu leben als ihr, die ihr euch schindet. Niemand aber ist schöner in Spanien als ich. Ich werde zum König gehen und sein Hofmarschall werden.
»Ach, lieber Hahn«, sagte das Huhn, »du krähst nicht mehr, und trotzdem bäckt der Bäcker das Brot, der Bauer steigt aus dem Bett, und der Müller mahlt das Korn. Was du ißt, verdienen andere, und deine Augen sind trübe geworden; denn wären sie klar, würdest du im Wasser sehen, daß dein Kamm welk ist und dein Kleid stumpf. Geh nicht an den Hof des Königs, es wird dir ein Übel geschehen.«
Aber so sehr das Huhn auch bat und klagte, der Hahn schalt es ein dummes Huhn und machte sich auf den Weg nach Madrid.

Da weinte das Huhn einen Tag lang und mit ihm die Küken. Das aber brachte den Hahn nicht zurück und bewahrte ihn nicht vor der Gefahr, der er so töricht entgegenlief. So ging das Huhn zum Huhn auf dem Nachbarhof und sagte: »Mein Hahn ist ausgezogen, um Hofmarschall zu werden. Nimm, ich bitte dich, meine Küken in deine Obhut, denn ich will ihm nachziehen, um ihn vor Schlimmem zu schützen.«
Und das Huhn umarmte das Huhn, nahm die Küken in seine Obhut und wünschte der Tapferen einen guten Weg.
Sie wanderte auf steinigen Wegen, durch hartes Gras und über kahle Berge. Ihre Füße wurden bald wund und schmerzten. Aber das Huhn gönnte sich keine Ruhe, fürchtete es doch, dem Hahn könnte indessen ein Leid geschehen. Es nahm sich keine Zeit, nach Futter zu scharren und trank während des Laufens den Tau von den Blättern. Da erblickte das Huhn einen wunderschönen roten Schmetterling, der in der Sonne auf einer Blume schlief. Und da es hungrig war, packte es ihn mit dem Schnabel und wollte ihn verschlingen.
»Liebes Huhn«, bat da der Schmetterling, »es ist ein so schöner Tag. Die Sonne gibt den Blumen ihre Wärme, und ich soll sterben, ich bitte dich, laß mich leben, und ich will dir immer dankbar sein. Kommst du in Not, so will ich dir helfen.«
»Ach«, sagte das Huhn, »wie willst du armes Ding mir helfen.«

Aber da der Schmetterling so innig bat und das Leben so sehr liebte, setzte das Huhn ihn wieder auf seine Blume und zog hungrig weiter.

So kam es nach Toledo.

Die Geschäfte waren geschlossen und die Häuser leer wie die Straßen. Das Huhn wunderte sich, wo wohl die Menschen dieser Stadt geblieben waren, und es fragte ein Maultier, das an einen Pfahl gebunden war und traurig dreinblickte, was das wohl zu bedeuten hätte.

»Mein Herr hat mich hier schon seit Stunden angebunden, um mit den anderen aus der Stadt in die Arena zu gehen. Dort findet ein gar seltsamer Kampf statt. Ein Hahn ist von weit her gekommen und hat verkündet, er sei auf dem Weg nach Madrid, um Hofmarschall zu werden, aber zuvor wolle er den wildesten Stier von Toledo im Kampf bezwingen. Und niemand will sich dieses Schauspiel entgehen lassen.«

So sprach das Maultier.

»Ach, mein armer Hahn«, klagte da das Huhn, »jetzt bist du des Todes.« So schnell es seine Flügel trugen, flatterte es in die Arena, in der sich die Menschen drängten. Sie lachten und schrien; denn soeben schritt der Hahn auf den Kampfplatz, neigte sich zum Gruß nach allen Seiten, reckte dann seinen Hals und krähte ein schwaches Krähen, zum Zeichen, daß er bereit war, den Stier zu empfangen.

Alsbald öffnete sich ein Tor, und mit wilden Sprüngen raste ein riesiger Stier in das Rondell, schlug mit den Hörnern gegen die Bretterwand und schleuderte den Sand hoch auf in die Menge.

Als der Hahn den Stier erblickte, verließ ihn der Mut und die Prahlsucht. Ach, dachte er, wäre ich doch auf dem Hof geblieben bei meinem Huhn und könnte nach Körnern scharren, ich wollt's zufrieden sein. Aber der Stier erfaßte ihn mit seinen Hörnern und schleuderte ihn so heftig gegen die Holzumrandung, daß es wohl das Ende des Hahns gewesen wäre, hätte er

nicht vor Angst seine Flügel ausgebreitet, die dem Stoß seine Gewalt nahmen.
Das Huhn, das alles mit ansehen mußte, rief in seiner Verzweiflung ein ums andere Mal: »Ach, Schmetterling auf deiner Blume, wüßtest du, was meinem Hahn geschieht, es würde dir das Herz brechen wie mir.«
Und wie es das dreimal gerufen hatte, senkte sich ein großes rotes Tuch vom Himmel, geradewegs vor die Augen des Stiers, und lockte ihn hierhin und lockte ihn dahin und entwich, wenn er wild danach stieß. Es waren wohl tausend rote Schmetterlinge und noch mehr, und sie umflatterten den Stier so lange, bis er erschöpft zusammenbrach.
Der Hahn aber, als er das mächtige Tier in der Mitte des Kampfplatzes liegen sah, flog auf eines seiner Hörner, um sich als Sieger ausrufen zu lassen.
Sein Kamm war zerrissen und einer seiner Flügel lahm. Aber er achtete nicht darauf. »Ich habe den wildesten Stier von Toledo besiegt«, rief er, »und nichts soll mich jetzt hindern, Hofmarschall zu werden.« Zur gleichen Stunde machte er sich auf und hinkte nach Madrid.
Das Huhn stellte sich ihm in den Weg und bat: »Ach, lieber Hahn, besinne dich. Du bist einmal mit dem Leben davongekommen, ein zweites Mal könnte es weniger gut ausgehen. Die Küken warten zu Haus, und es wird Freude in unserem Dorf sein, wenn du wieder jeden Morgen den Tag ankündigst.«
»Scher dich aus dem Weg«, erwiderte der Hahn, »niemand hat dich geheißen, mir zu folgen.« Und er würdigte das Huhn weiter keines Blickes.
Dieses aber ließ nicht ab, dem Hahn zu folgen. Nachts jedoch verlor es seine Spur und zog des Tags traurig weiter auf Madrid zu. So kam es an das Ufer eines Flusses, ruhte eine Weile und trank das kühle Wasser, denn die Sonne hatte es durstig gemacht. Dabei geriet ihm ein kleines Fischlein in den Schnabel, und das Huhn wollte es verschlingen, denn es hatte Hunger.

»Liebes Huhn«, sprach da das Fischlein, »es ist ein so schöner Tag, die Sonne spielt im Wasser, und ich soll sterben. Ich bitte dich, laß mich leben, und ich will dir immer dankbar sein. Kommst du in Not, so will ich dir helfen.«
»Ach«, sagte das Huhn, »wie willst du kleines Ding mir helfen?«
Aber das Fischlein bat so innig, daß das Huhn nicht vermochte, es zu töten. So ließ es das Fischlein ins Wasser gleiten und ging hungrig weiter.
Indes hatte der Hahn Madrid erreicht und begab sich gradenwegs auf das Schloß. Als die Wachen ihm den Zutritt verwehrten, rief er: »Ich habe den wildesten Stier von Toledo besiegt, bin klug, wie es der König verlangt, und schön wie kein zweiter in Spanien. Also führt mich zu ihm, damit er mich zum Hofmarschall macht.«
Als die Wachen den Hahn solches sprechen hörten, wollten sie ihn den Katzen zum Fraß werfen, meinten dann aber, es könne nicht schaden, ihrem Herrn einen Spaß zu bereiten, gaben sich ehrerbietig und geleiteten den Hahn vor den Thron des Königs.
»Dieser Hahn, o König«, sagten die Soldaten, »gibt vor, der Stärkste, Klügste und Schönste in ganz Spanien zu sein. Und er ist gekommen, wie du hast ausrufen lassen, um Hofmarschall zu werden.«
Der König blickte auf das arg gerupfte und schmutzige Tier und sprach: »Herr Hahn, ich zweifle nicht, daß Ihr nicht minder klug seid als schön. Wollt Ihr mir noch Eure Stärke beweisen, dann sollt Ihr mein Hofmarschall sein.«
»Mein Herr König«, erwiderte der Hahn, »ich habe den wildesten Stier von Toledo besiegt, aber wenn Ihr für meine Stärke einen weiteren Beweis verlangt, so gebietet, allen Hähnen in Spanien für diese Nacht die Schnäbel zu stopfen. Ich werde des Morgens mit einem Ruf das ganze Land zur Arbeit rufen.«
Der Vorschlag gefiel dem König, und er befahl, allen Hähnen in Spanien die Schnäbel zu stopfen.

Der Hahn aber stieg auf den höchsten Turm des Schlosses und brachte dort die Nacht zu. Als sich diese dem Tag zuneigte, reckte der Hahn seinen Hals und krähte so laut es seine Kraft hergab. Aber da er all die Wochen und Monate faul auf seinem Brunnen gesessen hatte, war seine Stimme so schwach, daß ihn nicht einmal der Küchenjunge im Schloß hörte, der den Koch zu wecken hatte. Es schliefen die Hunde in ihren Hütten, die Wächter an ihren Toren, die Bauern in ihren Katen und die Bürger in ihren Häusern. Ganz Spanien schlief drei Tage und drei Nächte, und wenn nicht ein gewaltiger Regen gekommen wäre mit Blitzen und Donner, so schliefe es noch heute.

Der König war über den großsprecherischen Hahn so zornig, daß er befahl, ihn im Fluß zu ertränken.

Also packten die Soldaten den Hahn und warfen ihn in den Fluß.

Das Huhn aber lief am Ufer auf und ab, sah den Hahn im Wasser versinken und rief in seiner Verzweiflung, da es sonst niemand wußte, der ihm helfen konnte: »Ach, Fischlein im fernen Fluß, wüßtest du, was meinem Hahn geschieht, es würde dir das Herz brechen wie mir.«

Und kaum hatte es das gerufen, da bewegte sich das Wasser, als jagte es der Wind, und es schien, als wollte es aus seinem Bett steigen. Hervor aber tauchte der Hahn und lief, auf dem Rücken von tausend kleinen Fischlein und noch mehr, ans Ufer, wo er vor Kälte zitterte und vor Angst in die Knie sank.

Das Huhn breitete seine Flügel aus, wärmte ihn und strich ihm die zerzausten Federn glatt.

Sieben Wochen liefen beide von Madrid über Toledo in ihr Dorf zurück. Jedes große Korn und jeden fetten Wurm, den der Hahn fand, gab er seinem Huhn. Und jeden Morgen weckte er es mit seiner Stimme, die von Tag zu Tag kräftiger wurde. Und als sie das Dorf erreichten, war es, als hätte der Hahn nie seine Schönheit verloren.

Jeden Morgen, bevor die Sonne aufging, stieg er wieder von seiner Leiter, reckte den Hals und kündigte den Tag an. Das Huhn brütete ihm viele Küken aus, und der Hahn scharrte den ganzen Tag nach Körnern, um die Seinen satt zu machen. Und ein jeder, der ihn sah, freute sich über das schöne Tier.

DESTAN ZAL UND RODHABE

I

In Seistan, das man auch Mittagsland nennt, lebte Sam. Er war ein Fürst von edler Geburt und Manotschihr, dem weisen Herrscher über Iran, treu ergeben. Sam verlangte es nach einem Sohn, doch sein Sehnen blieb ohne Erfüllung. Der Gram darüber beugte seinen Rücken. Als er schon alle Hoffung verloren gab, reifte im Leib einer seiner Frauen ein Kind, das bald so schwer wurde, daß das Weib unter der Last seufzte.

Da die Zeit heran war, gebar sie einen Knaben. Er war gesund, kräftig und schön wie kaum ein anderes Neugeborenes. Doch wagte keine der Frauen, die das Kind von der ersten Stunde an pflegten, es Sam zu bringen. Außergewöhnlich war nicht nur der Wuchs des Jungen, der Glanz seines Gesichtes, außergewöhnlich war auch seine Haarfarbe: weiß. Keiner hatte bisher dergleichen gesehen, und jeder fürchtete den Unwillen Sams.

So vergingen acht Tage, und das Jammern im Frauengemach war groß. Schließlich faßte eine Amme Mut, trat vor Sam hin und sprach: »Möge Gott dich segnen. Mögst du immer Sieger über deine Feinde bleiben. Der Himmel beschere dir alles, wonach dein Herz verlangt. Dir ist ein Sohn geboren worden, das Gesicht schön wie der Mond, der Leib stark. Niemand zweifelt, daß er ein Held werden wird, größer als andere vor ihm. Nur eins verwundert und mag Unwissende schrecken: Sein Haar ist weiß. Nimm, o gütiger und weiser Sam, den Knaben, wie ihn dir Gott gegeben hat. Die Welt ist voller Rätsel. Wirf nicht vorschnell von dir, was du nicht lange genug geprüft hast.«

Kaum hatte die Amme geendet, eilte Sam ins Frauengemach. Er sah das weiße Haar des Kindes und meinte, ein Greisenhaupt zu sehen. Zorn und Scham machten ihn blind für alle Vorzüge des Knaben. Hatte sich Sam bislang als ein Mann von Verstand gezeigt, so wandelte ihn jetzt falscher Stolz zum Toren. Er fürchtete den Spott der anderen Fürsten. Wie kann ich diesen Bastard Ahrimans meinen Sohn nennen, dachte er. Seiner Sinne nicht mächtig, gab er Befehl, das Kind außer Landes zu schaffen. In der Wildnis, wünschte er, mochte es verderben.
Die Diener Sams, denen der Auftrag gegeben war, hatten Mitleid mit dem Knaben. Wenn er schon einem ungewissen Geschick ausgesetzt werden soll, dachten sie, so wollen wir ihn zum Berge Alburs tragen, vielleicht, daß der Kleine dort geborgen ist.
Und so geschah es.
Tage und Nächte lag das Kind schutzlos inmitten der Felsen. Der heiße Wind verbrannte ihm die Haut. Der Staub machte es blind. Es saugte an seinen Fingern und weinte kläglich. Löwe und Tiger lieben ihre Jungen mehr, geben ihnen reichlich Nahrung und suchen ihnen schattige Plätze. Sam jedoch blieb ohne Einsicht und Erbarmen.
Auf dem Gipfel des Alburs hatte die Simurg, der Wundervogel, ihr Nest gebaut. Eines Tages schwang sie sich auf, um für die Jungen Nahrung zu holen. Da sah sie den schreienden Säugling auf den nackten Steinen liegen, und Jammer um das hilflose Kind kam sie an. Sie hob es auf und trug es zu ihren Jungen ins Nest, bettete den Knaben warm, brachte ihm Nahrung und zog ihn groß wie eine Mutter.
So verging eine lange Zeit. Der Junge wuchs einer Zypresse gleich und war stark, ein Kamel zu tragen. Eines Tages, als er Steinböcke jagte, erblickten ihn die Reiter einer vorbeiziehenden Karawane. Sie waren von der Anmut des Jünglings so angetan, daß sie an jedem Ort, der ihnen Rast bot, erzählten, welch seltsame Begegnung sie am Alburs gehabt hatten.

Die Kunde gelangte auch zu Sam. Schon längst drückte ihn das Gewissen ob seines grausamen Tuns. Oft lag er nachts wach, und schlief er, quälten ihn böse Träume. Einmal träumte er, ein Reiter aus Hindustan brächte ihm Nachricht von seinem Sohn, den er für tot glaubte. Kaum war Sam erwacht, rief er die Mobaden, ihm den Traum zu deuten.

»O Nariman«, sprachen sie, »jeder sieht die Welt so, wie sein Herz und sein Geist ist, der Herzlose herzlos, der Verblendete verblendet. Der Löwe nährt sein Junges, der Fisch und das Krokodil. Du aber hast dein Kind der Wildnis preisgegeben, nur weil sein Haar weiß ist. Eile, den Verlorenen zu suchen. Der Traum sagt nichts anderes, als daß dein Sohn lebt.«

Schon am nächsten Tag machte sich Sam auf den Weg zum heiligen Berg. Wieder träumte er: Ein Jüngling schritt an der Spitze eines gewaltigen Heeres. Ein Mobad zu seiner Linken, ein anderer zu seiner Rechten. Einer von diesen trat auf ihn, Sam, zu und sagte: »Du verdammst deinen Sohn seiner weißen Haare wegen und bist doch selbst weiß wie die Blätter einer Silberpappel. Du Narr, ein Vogel hat mehr Liebe und Verstand als du.«

Sam schrie im Schlaf auf. Von Schmerz um den verstoßenen Sohn gepeinigt, von Angst getrieben, Gott könne ihn wegen seiner Grausamkeit strafen, eilte er noch nachts weiter, dem Alburs entgegen. Er sah den Berg bis zu den Sternen hochragen und auf seinem Gipfel ein Nest aus Sandelholz und Aloe geflochten. Neben dem gewaltigen Nest stand ein Jüngling.

Sam fiel auf die Knie, küßte die Erde und pries Gott.

Er suchte einen Pfad, um den Gipfel zu ersteigen. Doch er umirrte vergebens den Berg.

Die Simurg erspähte den Suchenden und wußte, der Mann mühte sich nicht ihretwegen, den Fels zu erklimmen. Sie wandte sich dem Jüngling zu und sprach: »Die Zeit ist gekommen, da du mich verlassen wirst. Ruhm und Glanz erwarten dich. Dein Vater ist ein mächtiger Fürst. Sein Auge ist sehend

geworden, sein Herz groß. Ich will dich ihm zurückgeben. Dir ist Unrecht geschehen, so hieß ich dich Destan. Trage den Namen zur Mahnung.«

»Ich tausche dein Nest nicht gegen Throne und Heere«, erwiderte Destan. »Den Berg nicht gegen die Stadt und die Sterne nicht gegen Diademe.«

»Mein Sohn«, sagte die Simurg, »deinen Geist ziemen solche Worte. Die Trennung macht mir das Herz schwer wie dir. Aber dich erwartet ein anderes Leben, als du es dir wünschst. Du wirst es erfüllen müssen. Hast du erst mehr von der Welt gesehen, wird dir mein Nest bald weniger wert erscheinen. Nimm eine meiner Federn, und wenn dir Gefahr droht, wirf sie ins Feuer. Alsbald werde ich erscheinen und dir helfen. Geh denn und vergiß mich nicht.«

Daraufhin faßte die Simurg Destan, schwang sich hoch empor und brachte ihn zu seinem Vater. Als dieser den Sohn anblickte, erkannte er, daß er der Krone wert war, und er nannte ihn Zal. Die Simurg aber entschwand hinter einer Wolke.

An diesem Tag legte Sam den Eid ab, Destan Zal hinfort kein Leid mehr zuzufügen und ihm jeden Wunsch zu erfüllen.

II

Es ergab sich, daß Sam sein Land verlassen mußte, um im Auftrage des Schahs gegen die Turaner ins Feld zu ziehen, denn sie bedrohten Iran. Er befahl die Mobaden zu sich und sprach: »Ich vertraue euch meinen Sohn an. Wisset, er ist mir wert wie meine Zunge und mein Auge. Lehrt ihn Klugheit, Milde und Geschicklichkeit. Bewahrt ihn vor Torheit.« Zu Destan Zal aber sagte er: »Ganz Seistan ist dir untertan. Thron und Schätze gehören dir. Versammle um dich aufrechte Ritter und weise Ratgeber. Den Bedürftigen gib reichlich, den Feinden tritt furchtlos entgegen. Und bedenke, du bist breit wie die Wüste, wenn du treue Freunde hast, doch nur so groß wie deine eigene Hand, wenn du allein bist.«

Er drückte den Sohn an sein Herz und zog von dannen. Zal lebte, wie der Vater ihm geraten, und Arme wie Reiche priesen den jungen König.

Eine Zeit war vergangen, da verlangte es Zal, das Land zu bereisen. Mit einer Schar Freunde zog er aus, und die Tage enteilten bei fröhlichen Festen. Wo auch immer sie hinkamen, hörten sie von Rodhabe reden, der Tochter des Königs von Kabul. Ihr Antlitz sei schöner als der junge Tag, sagte man, ihr Mund lieblicher als die Blüte des Granatbaums, ihre Wimpern schwarz wie der Flügel des Raben und der Duft ihres Haares der Ambra gleich. In Zal erwachte Verlangen nach Rodhabe, ohne daß er sie je gesehen hatte. So kam er nach Kabul im Lande Afghanistan.

Michrab, der König von Kabulistan, zog Destan Zal entgegen und brachte ihm reichlich Geschenke. So ziemte es sich, denn er war Sam untertan. Michrab bot dem Sohn seines Herrn die prächtigsten Gemächer des Schlosses an. Doch der Jüngling wollte nicht mit einem Nachkommen des schlangenschultrigen Sohak unter einem Dach wohnen und zog es vor, in seinem Zelt zu schlafen. Destan Zals Freunde hießen Michrab einen Gesellen Ahrimans und drängten darauf, weiterzuziehen. Aber Destan vermochte nicht abzureisen, ohne Rodhabe gesehen zu haben. Je länger er in Kabul weilte, um so größer wurde seine Sehnsucht nach dem Mädchen. Am Tage schaute er zur Sonne, nachts zu den Sternen, dachte an Rodhabe, und das Herz war ihm schwer.

Michrab hielt seine Tochter in den Frauengemächern verborgen. Aber es blieb nicht aus, daß auch sie von Destan Zal erfuhr. Dienerinnen hatten den Iraner gesehen, schwatzten von seiner Stärke und seiner Anmut, seiner Großherzigkeit und der sonderbaren Farbe des Haares. War es erst Neugier, die Rodhabe drängte, mehr über den Jüngling zu erfahren, so wandelte sich diese bald in heißes Begehren.

Sie hatte fünf Sklavinnen, die ihr treu ergeben waren. Als ihr Verlangen nach Destan Zal so groß wurde, daß sie alle Freude verlor an Spiel, Blumen und Tanz, rief sie die Dienerinnen und sagte: »Ich bin toll vor Liebe wie das wütende Meer. Will ich Ruhe finden, kann ich sie nur bei Zal finden. Ratet mir, denn ich bin ohne Rat.«

Aufgestört liefen Rodhabes Vertraute im Saal umher. Sie fürchteten, ihrer Herrin könne Schlimmes widerfahren, würde ihr Wunsch, der gegen Sitte und Recht verstieß, anderen bekannt. So fingen sie an zu klagen und den Iraner zu beschimpfen, wenngleich sie ihn zuvor gepriesen hatten und Schuld trugen, daß Rodhabe einen Mann liebte, den sie nicht lieben durfte. Rodhabe, meinten sie, könne sich nicht einem Manne anvermählen, dem ein Vogel zur Amme gedient habe, sie sei anderer Fürsten wert. Jung an Jahren, sei der Gast aus Seistan ein Greis, sein Haar zeuge davon.

Zorn und Schmerz bewegten Rodhabe, als sie die Sklavinnen so reden hörte. Ihr Blick wurde trüb, und sie erwiderte: »Mein Herz liebt einen Stern, und ihr wollt mir den Mond aufschwatzen. Wer sich nach Gras sehnt, soll nicht mit Rosen getröstet werden. Wenn einem Kranken Essig Heilung gibt, soll man ihm

nicht Honig einflößen. Redet mir nicht vom Kaiser des Abendlandes und vom König Chinas, wenn ich Destan Zal liebe. Laßt mich allein, ihr begreift nur, was ihr begreifen könnt.«
Bestürzt ob solcher Worte, umringten die treuen Sklavinnen Rodhabe und versprachen, jegliche List zu gebrauchen, um ihr den zu bringen, nach dem ihr Herz verlangte.
Sie streiften ihre schönsten Gewänder über, steckten Blüten ins Haar und eilten zum Fluß, wo am jenseitigen Ufer Zal sein Zelt aufgeschlagen hatte. Dort pflückten sie Rosen, lachten und tummelten sich so lange, bis Zal sie bemerkte. Wer die schönen Mädchen seien, fragte er. Und als ihm geantwortet wurde, es wären Rodhabes Dienerinnen, rief er einen Sklaven, hieß ihn den Bogen nehmen und lief, schneller als es für seine Würde passend war, zum Fluß. Er gab sich den Schein, als wollte er im Schilf jagen. Er schoß einen Vogel, und es war ihm recht, daß dieser zur Erde stürzte, wo die Mädchen spielten. Zal befahl dem Sklaven, ein Boot zu besteigen und den Vogel zu holen. Es wäre schade, sagte er, das erlegte Tier liegenzulassen. Kaum daß der Mann am anderen Ufer anlegte, näherte sich ihm eines der Mädchen und fragte mit gespieltem Erstaunen, wer sein Herr sei, der so kraftvoll den Bogen zu spannen wisse und einen Vogel im Fluge treffe.
Daß die Mägde seinen Herrn nicht kennen sollten, ärgerte den Diener.
»Was seid ihr dumm«, gab er zur Antwort, »alle Welt kennt Destan Zal, ihr aber fragt, wer die Sonne sei und wer der Mond. Der König von Kabul muß ihm Zins geben. Er kann aus diesem Land mitnehmen, wonach ihm gelüstet. Allerdings ist hier wenig von Wert.«
Das Mädchen lächelte schlau und erwiderte, der hohe Fürst würde seinen Sinn schnell ändern, bekäme er Rodhabe zu Gesicht, Michrabs Tochter. Sie fing an, ihrer Herrin Liebreiz zu preisen, nannte ihre Hüfte zart, die Haut weiß, die Augen von feurigem Glanz. Keinen Vorzug Rodhabes vergaß sie, nicht den

Silberhals, nicht den Zypressenwuchs, nicht den Ambraduft des Haares. Dem Sklaven wurde der Mund trocken.
Es ging noch eine Weile hin und her, ob die Herrin dem jungen König oder der König der jungen Herrin über sei. Der Sklavin schien der Sklave noch nicht schlau genug. Und als sie meinte, es wäre angebracht, vergoß sie Tränen. Ihre Herrin wäre krank, so klagte sie. Es gäbe nur einen, sie gesund zu machen. Nach ihm riefe sie Stunde um Stunde, und wenn Destan Zal klüger sei als er, sein Sklave, dann brauchte er nicht so vieler Worte, um zu tun, was in einem solchen Falle zu tun sei.
Der Sklave setzte wieder über den Fluß, berichtete Zal, was ihm widerfahren sei, und wurde alsgleich zurückgeschickt, um dem Mädchen Ringe, Halsschmuck und Edelsteine zu bringen, zudem die Frage, wie es anzustellen sei, Rodhabe zu begegnen.
»Ein solches Geheimnis taugt nur für zwei«, gab ihm die Dienerin lächelnd zur Antwort.
Ein viertes Mal ruderte der Mann das Boot und ohne auszuruhen mit Destan Zal ein fünftes Mal. Noch gilt das Wort: Das Vergnügen des Herrn wächst aus der Plage des Knechts.
Es wurde vereinbart, Zal möge des Nachts zum Schloß schleichen, Rodhabe würde ihn erwarten.
Die Stunden bis zum Abend schienen Destan ein Jahr. Rodhabe ließ inzwischen ihr Gemach mit Teppichen aus Indien und Goldbrokat aus China schmücken, Wein mit Moschus und Ambra mengen. Sie streute Edelsteine und stellte goldene Schalen auf Tische und Truhen. Im Zimmer duftete es nach Rosen, Violen und Jasmin.
Der Mond leuchtete schwach hinter den Wolken. Der Wächter schloß das Tor. Auf ihrem Altan stehend, wartete Rodhabe, und als Zal kam, glühten ihre Wangen, und ihr Herz schlug schnell. Sie wünschte, der Himmel möge dem Geliebten zur Straße werden. Zal hingegen dachte: Wie oft habe ich nach dem Stern des Nordens geschaut und gefleht, er möge mir das Gesicht Rodhabes zeigen.

Rodhabe band ihr Haar los. Es fiel herab bis auf den Rasen, wo Zal stand. An einem lieblicheren Seil war er noch in kein Fenster gestiegen. Doch Destan wollte Rodhabe keinen Schmerz zufügen. So warf er seinen Fangstrick um eine der Zinnen und zog sich mit kräftigen Armen am Seil hoch. Die Liebenden tauschten Küsse, berührten sich, und von Augenblick zu Augenblick wurde ihre Liebe stärker. Erst das Morgenlicht trennte sie, und beide waren der Sonne gram.

Als Destan Zal den Freunden sagte, daß er Rodhabe liebe, schwiegen sie betroffen. Keiner wagte auszusprechen, was er dachte. Manotschihr, ihrer aller Herr, würde niemals erlauben, daß Zal Rodhabe zur Frau nahm. Sie war aus dem Geschlecht Sohaks, und der hatte einst den Schlangen, die aus seinen Schultern wuchsen, das Hirn der Söhne seines Volkes zum Fraß gegeben. Unter seiner Herrschaft war in Iran der Weise dem Toren untertan gewesen, das Recht dem Unrecht. Tausend Jahre lang. Da aber der junge König nicht Ruhe gab, rieten sie ihm schließlich, er möge sich Sam anvertrauen, nur der hätte Einfluß genug, Manotschihr gewogen zu stimmen.

So schrieb Zal seinem Vater einen Brief. Er schrieb, was ihm das Herz eingab, und sann nicht auf Schlauheit. Liebe, schrieb er, fragt nicht nach arm und reich, nicht nach hohem und geringem Stand. Er, Destan Zal, sei noch jung, besitze nicht die Weisheit des Vaters und der Mobaden, aber das Schicksal wäre nicht zart zu ihm gewesen. Der Wundervogel habe ihn gelehrt, das Leben zu sehen, wie andere es nicht sehen. Warum sollte Michrab Schuld tragen, wenn Sohak schuldig geworden war, warum Rodhabe ihm versagt bleiben, wäre ihre Seele doch ohne Makel, ihr Geist frisch und ihr Leib schön. Wenn Ahnen gesündigt haben, strafe man nicht die Kinder, schrieb er und bat, der Vater möge des Schwurs gedenken, den er getan hatte. Alle Wünsche, so hätte er gelobt, wolle er dem einstmals Verstoßenen erfüllen. Er, Destan Zal, habe nur ein Verlangen: Rodhabe.

Als Sam die Botschaft empfing, geriet er in arge Not. Er suchte

Rat bei den Sternen, aber die Sterne schwiegen. Ihn reute der Schwur, zu dem, wie er meinte, die Freude ihn vorschnell getrieben hatte. War Rodhabe aus dem verhaßten Stamme Sohaks, so Zal der Zögling eines Vogels. Was schon sollte solchen Eltern folgen? Er ließ einen Mobaden kommen, der ihm klüger dünkte als alle anderen, und bat ihn um Rat. Der Alte hatte zahlreiche Länder bereist, viel Wundersames war ihm begegnet. Er trug die Erfahrung in sich, daß Unversöhnlichkeit sich selbst fesselt, die Jugend vorschnell ist, doch unverdorben und der Welt noch aufgeschlossen. In ihrer Unvernunft liegt oft Vernunft. Damit erschrecken sie die Alten, die Gutes wollen, doch nicht selten Folgenschweres tun, weil die Vergangenheit mal wie ein Stein, mal wie ein bunter Vogel auf ihrer Schulter ruht. Der Mobad schaute auf die Sonne, die glühend aus dem Wasser stieg, und sprach: »Man sagt, daß Feuer und Wasser sich nicht mengen, und doch umfängt der Fluß den Feuerball, läßt ihn des Abends ein und gibt ihn morgens frei. Das klügste Wort faßt nicht die ganze Wahrheit. Vertrau dem Liebreiz Rodhabes und dem guten Herzen deines Sohnes. Zwing ihm nicht auf, was ihn verderben könnte. Wenn ihre Liebe stärker ist als der Haß ihrer Stämme, wird es allen zum Nutzen sein. Warum willst du dich dem entgegenstellen?«
Noch waren Sam nicht alle Sorgen genommen, doch er folgte dem Rat des Alten. Er schickte einen Boten zu seinem Sohn, ihm auszurichten, daß er die Sache nicht gutheißen könne, aber bereit sei, den Schwur zu halten. Dann machte er sich auf den Weg zu Manotschihr, ihn zu bitten, daß er der Liebe Zals und Rodhabes freundlich begegne.

III

Eine treue Dienerin Rodhabes war ausgewählt, Liebesbotin zwischen Destan Zal und ihrer Herrin zu sein. Noch mußte beider Glück vor Michrab verborgen bleiben. Zal sandte den

Brief seines Vaters an Rodhabe. In einem Übermaß an Freude ließ diese die Sklavin auf einem goldenen Stuhl Platz nehmen, schenkte ihr Silber und ein Kleid aus Brokat und hieß sie, dem Geliebten ihren Gruß zu bringen samt einer mit Rubinen gezierten Tiara und einem Ring, dessen Stein wie der Jupiter am nächtlichen Himmel leuchtete.

Die Dienerin jedoch lief Rodhabes Mutter in den Weg. Sindocht, so hieß Michrabs Weib, hegte schon lange Argwohn. Die Tochter schien ihr verwandelt: Die Wangen glühten, die Lippen waren voll, die Augen glänzten. Wie sie ging, so ging kein Mädchen, so ging ein Weib. Und außerdem die Sklavin – zu häufig schlich sie durch den Gang zu Rodhabe.

Sindocht packte die Dienerin und fragte, was sie treibe. Blaß vor Furcht, warf sich diese auf die Knie und rief zitternd: »Ich bin armer Leute Kind, o Herrin, laufe von Haus zu Haus, verkaufe Kleider, Edelsteine, was immer gefragt wird, und schlage mich so durch. Deine Tochter ließ mich rufen, erhandelte von mir ein Diadem und einen Ring. Mehr weiß ich nicht zu sagen.«

Sindocht mißtraute der angeblichen Händlerin, wollte das Geld sehen, welches Rodhabe ihr gegeben haben mußte, und wurde zornig, als sie zur Antwort bekam, die junge Herrin würde am nächsten Tag bezahlen. Sie faßte der Sklavin in den Ärmel, fand Tiara und Ring, griff die Ängstliche beim Haar, schlug ihren Kopf ein paarmal gegen den Boden, trat sie mit Füßen und ließ sie zuletzt in Ketten legen.

Gefällt's dem Herrn, so schlägt er auch den Treuen. Ein Narr, wer schönen Reden glaubt, ohne zu prüfen, und Dank erwartet von den Großen.

Außer sich vor Zorn schrie Sindocht nach ihrer Tochter, schlug die Türen und zerkratzte sich das Gesicht. Als das Mädchen vor ihr stand, rief sie: »An wen schickst du Tiara und Ring? Du umgibst dich mit Kupplerinnen, bringst dir und uns Schande. Womit haben dein Vater und deine Mutter das verdient?«

Unter Tränen gestand Rodhabe, daß sie Destan Zal liebe und in ihrem Glück über Sams Brief getan habe, was zu tun nicht erlaubt sei.
Sindocht hörte diese Nachricht geschmeichelt und erschreckt zugleich. Der Iraner war ihr recht. Nahm er Rodhabe zum Weib, dann wurde Kabulistan mächtig, mit Kabulistan Michrab und mit Michrab sie, Sindocht, selbst. Doch eine solche Wendung des Geschicks schien ihr wenig glaubhaft. Zwischen Manotschihr und Michrab lagen zweitausend Jahre Haß. Eher würde der Schah Kabulistan dem Erdboden gleichmachen als Rodhabe Destan Zal zur Frau geben.
Zwar ließ sie die Sklavin wieder frei, drohte ihr jedoch mit dem Tode, würde sie das Geheimnis ausplaudern. Rodhabe durfte das Zimmer nicht mehr verlassen, und niemand durfte zu ihr ohne Erlaubnis der Mutter.
Sindocht zog sich in ihre Gemächer zurück und weinte.
So fand sie Michrab, der frohgelaunt von Destan Zal kam, mit dem er gezecht hatte. Was sie quäle, fragte er. Die Frau erwiderte, sie hätte an die blühenden Gärten gedacht, die Zedernhaine, den Thron, an Rodhabe und daß ein Baum, dessen Krone in den Himmel reicht, auf einmal stürzen kann. Michrab fand die Worte des Weibes reichlich dunkel, meinte: »So war's, so wird es sein. Der eine kommt, der andre geht. Was soll da alles Jammern. Ich werde nicht klug aus dir. Rede deutlicher.«
Kaum jedoch erfuhr er von dem Liebesspiel zwischen Zal und seiner Tochter, brüllte er auf wie ein Elefant, zog das Schwert und drohte, Rodhabe zu töten. Mit Mühe nur gelang es Sindocht, den aufgebrachten Mann mit ihren Armen zu umschlingen und ihm, der nichts mehr hören wollte, zuzuschreien, daß Destan Zals Vater unterrichtet sei und keineswegs so tobe wie er, sein Vasall. Es gäbe sogar einen Brief von Sam an seinen Sohn. Er heiße zwar die Sache nicht gut, gebe aber seinen Segen, wenn es nun eben mal so weit gekommen sei.
Die Worte gingen Michrab gut ins Ohr. Er brüllte nicht mehr.

Er wog die Sache ab. Schließlich befahl er, ihm Rodhabe zu bringen. Sindocht kannte den Jähzorn ihres Mannes. Sie ließ ihn schwören, der Tochter kein Leid anzutun, erst dann holte sie das Mädchen.

Als Michrab Rodhabe sah – die Liebe, Angst und Trotz machten sie schöner denn je –, war er nicht frei von Stolz, eine solche Tochter gezeugt zu haben. Doch dann dachte er an Manotschihr, zweifelte nicht, daß dieser Kabul zerstören würde, das Schloß, die Gärten, den Thron, und daß sein Weib zu Recht von jenem Baum gesprochen hätte, der in den Himmel wächst und stürzt. Wut machte ihn wieder blind für den Liebreiz Rodhabes.

»Der Sturm gehorcht nicht dem Staub«, schrie er. »Will, wer die Schlange fängt, sich König heißen, wird er gehängt.«

Noch andres Kluge schrie er, und Sindocht schrie, er solle des Schwurs gedenken, denn jede Weisheit, die Michrab herausbrüllte, ließ ihn unbedachter werden.

Rodhabe stand starr und bleich vor ihrem Vater. Sie fühlte, daß weder er noch die Mutter, noch sonst ein Mächtiger dieser Welt ihre Liebe zu Destan Zal töten konnte, es sei denn, er tötete sie selbst. So war sie voller Schmerz, doch auch wieder froh, ging in ihre Kammer und lächelte betrübt.

IV

Das Gerücht ist schneller als der Lauf eines Dromedars. So kam die Kunde, was zwischen Rodhabe und Zal geschehen war, zu Manotschihr, noch bevor Sam anlangte. Der Schah empfing seinen Feldherrn mit den Ehren, die ihm gebührten. Die Nacht hindurch wurde ein großes Gelage gehalten. Aber als Sam des Morgens sein Anliegen vorbringen wollte, ließ Manotschihr ihn nicht zu Worte kommen, gab ihm vielmehr Befehl, nach Kabul zu ziehen, Michrab samt seiner Sippe zu töten, Stadt und Schloß dem Staub gleichzumachen. Sam erschrak über diesen Auftrag, aber er wagte nicht, dem aufgebrachten Herrscher zu widersprechen. Er beugte das Knie, küßte die Erde und brach mit seinem Heer auf. Er dachte an seinen Sohn, und ihm wurde das Herz schwer.

Als Boten nach Kabul die Nachricht brachten, welche Gefahr dem Lande drohte, waren Klage und Jammer groß.

Voller Zorn und gewillt, eher zu sterben als zuzulassen, daß Rodhabe und den Menschen in diesem Land Leid geschehe, ritt Destan Zal dem Vater entgegen. Seine Freunde jedoch rieten ihm, Versöhnung anzustreben statt Krieg.

»Was die Hast verbricht, ist ohne Heilung«, sagten sie, »Stolz zur unrechten Zeit weniger wert als Demut.«

So warf Zal sich seinem Vater zu Füßen und rief: »Alle Welt preist deine Gerechtigkeit, warum verweigerst du sie deinem Sohn? Man nennt dich gütig, warum darf ich dich nicht gütig nennen? Wenn mich eine Schuld trifft, dann nur die, dein Kind zu sein. Ich bin in deinem Haus geboren worden, und du hast mich fortgejagt. Ich bin zurückgekommen, und du verstößt mich. Ich flehe um Liebe, und du gebietest Haß. Wenn es sein muß, töte mich, aber schone Kabul.«

Sam, beschämt von den Worten seines Sohnes, hieß ihn aufstehen und schloß ihn in die Arme. Er war nicht fähig, Manotschihrs Befehl auszuführen. Wer kann besser für Zal sprechen als Destan Zal, dachte er. Sieht ihn der Schah, wird ihm das Herz groß werden.

»Ich will noch einmal versuchen, Manotschihr für deine Liebe zu gewinnen«, sagte er. »Du sollst selbst der Bote sein.«

Er ging in sein Zelt und schrieb an den Schah.

»Preis sei dem Herrn über uns! Heil sei Manotschihr! Ein Sklave, nah ich mich dir. Mein Thron ist der Sattel des Kampfrosses, meine Krone der Staub der Schlacht. Ich habe die Kargasaren geschlagen, am Fluß Kaschaf den Drachen getötet und habe dir viel Dewe unterworfen! Nie habe ich nach Lohn gefragt. Nun bin ich alt und gehe gebeugt. Meine Lenden sind schlaff, die Keule in meiner Hand tötet keinen Drachen mehr,

und das Fangseil schleudere ich nicht wie dereinst sechzig Ellen weit. Macht und Krone will ich in Destan Zals Hand geben. Er wird dir mehr zum Nutzen sein, als ich dir je genutzt habe: Bedenke das, o weisester aller weisen Fürsten. Und bedenke, daß ich meinem Sohn einen Eid geschworen habe, als ihn mir die Simurg, der heilige Vogel, von Alburs zurückbrachte. Mag es auch zu tadeln sein, aber die Liebe zu Rodhabe brennt ihn aus wie die Sonne den Tropfen Wasser in der Wüste. Dem Diener geziemt es nicht, seinen Herrn zu belehren, aber, o großer und gütiger Schah, Großmut gewinnt die Welt, Rachsucht verliert sie.«
So schrieb Sam, gab den Brief Destan Zal, hieß ihn zu Manotschihr reiten und flehte die Gnade des Himmels auf seinen Sohn herab.
Während dies geschah, ließ Michrab sein Weib rufen und tat ihr kund, daß er beschlossen habe, sie und Rodhabe zu töten. Es gäbe keine andere Möglichkeit, Manotschihr zu versöhnen und damit Kabulistan zu retten. Sindocht lebte nicht minder gern wie der Käfer im Sand. Die Angst ließ sie für Augenblicke taub werden und blind. Nur unter Anstrengung gelang es ihr zu sprechen. Doch die Furcht vor dem Tod machte sie listig.
»Es liegt an dir, mein Gatte und Gebieter, zu tun, was dir angemessen scheint«, sagte sie. »Ich fürchte mich nicht, zu sterben. Wird Kabulistan dadurch gerettet, soll es geschehen. Doch vergiß nicht, o kluger Michrab, Manotschihr hat Sam geschickt, dich zu töten und dann erst mich und Rodhabe. Gefahr sieht er von dir. Und gibst du ihm nicht darin recht? Wer Frau und Tochter tötet, mordet auch seinen Herrn. So muß Manotschihr denken, schickst du ihm unser Blut. Laß mich zu Sam eilen. Tränen, Witz und reiche Geschenke werden ihn nachdenklich machen. Nimmt er die Schätze, wird er Kabulistan schonen und Gründe finden, es Manotschihr zu erklären. Weist er sie zurück, bleibt dir noch immer Zeit, zu tun, was du für unvermeidlich hältst.«
Michrab war schlau genug zu merken, daß Sindocht für ihr eignes Leben redete. Doch was sie sagte, schien ihm klug zu sein.

Er hieß sie an Geschenken mitnehmen, was sie für erforderlich hielt. Geiz, meinte er, sei hier fehl am Platz.
Sindocht ließ dreihunderttausend Goldmünzen in Kisten schütten. Sechzig Mägde trugen kostbare Gefäße, gefüllt mit Perlen, Moschus und Edelsteinen. Sechzig Rosse wurden gesattelt, zweihundert Dromedars beladen, vier indische Elefanten mit Teppichen geschmückt. So ausgerüstet und selbst in kostbare Gewänder gehüllt, begab Sindocht sich zu Sam, der mit seinem Heer vor Kabulistan lagerte.
Der Fürst war überrascht, daß man ihm ein Weib als Boten sandte. So etwas widerfuhr ihm zum ersten Mal. Er verlangte zu wissen, wer sie sei. Doch Sindocht war erst dann bereit, ihren Namen zu nennen, wenn er ihr Sicherheit geschworen habe. Das tat Sam, und Sindocht gab sich zu erkennen. Nicht die überreichten Geschenke bewegten Sam, es war die Unerschrockenheit der Frau, ihre Art, die Rede zu führen, bittend, doch nicht ohne Stolz, flehend, doch bei allem mit Vernunft. Und war sie gleich nicht mehr jung, so blickte Sam sie doch mit Wohlgefallen an. Sie möge, sagte er, ihre Sorge rasch vergessen. Kabulistan werde nichts Böses geschehen. Destan Zal sei unterwegs zu Manotschihr. Wäre der Schah bisher ein weiser Herrscher gewesen, was sollte ihn veranlassen, diesmal das Unrecht dem Recht vorzuziehen. Zum Beweis seiner Wohlgesinntheit nahm Sam die Geschenke an, trug aber den Leuten auf, alle Schätze bei den Zelten seines Sohnes abzuladen.
Er bewirtete Sindocht wie eine, die ihm gleichgestellt war.

V

Sam hatte recht vermutet, Manotschihr fand Gefallen an Destan Zal. Den Brief jedoch las der Schah mit wenig Vergnügen. Es wäre ihm lieb gewesen, Sam hätte die Sache hinter sich gebracht, wie befohlen. Nun schickte er ihm den Sohn und belästigte ihn aufs neue mit dem unerquicklichen Liebeshandel. Die

Beharrlichkeit des Alten wie des Jungen hinwiederum gefiel ihm. Er wolle die Angelegenheit noch einmal bedenken, sagte er zu Destan Zal. Er werde ihn rufen lassen, wenn es an der Zeit sei. Einige Tage gingen hin. Manotschihr befragte die Sternkundigen. Diese befragten die Gestirne und fanden, die Zeichen stünden günstig. Mag sein, Destan tat ihnen leid, mag sein, die Sterne standen wirklich günstig, sei's, wie es sei, Manotschihr hörte den Spruch der Mobaden nicht ungern. Da Sam jedoch in seinem Brief so viele gute Worte für den Sohn gefunden hatte, gelüstete es ihn zu wissen, was daran stimmte und was übertrieben war. Er beschloß, Destan Zal zu prüfen, befahl den Jüngling zu sich und sagte, er wolle ihm Rodhabe geben, vorausgesetzt, er sei der Pahlawan, als den man ihn allerorts preist. Zu diesem Zwecke möge Zal ihm einige Rätsel lösen. Der Schah winkte einen Mobaden an seine Seite, und dieser stellte das erste Rätsel.

»Was ist das? Zwei Rosse, schwarz das eine, weiß das andere. Sie laufen eins dem andern hinterdrein und holen einander doch nicht ein.«

Manotschihr hob die Hand, und wieder trat ein Mobad zu ihm. Er nannte das zweite Rätsel.

»Was ist das? Zwei Bäume, in ihren Kronen wohnt ein Vogel. Sucht er den einen, welkt der andere. Sucht er den anderen, bleicht der eine.«

Der Schah rief einen dritten Mobad, und der sagte das dritte Rätsel.

»Was ist das? Auf hohem Felsen steht ein Haus. Die Menschen zogen fort ins Tal und bauten neue Häuser sich, hinauf bis zu den Sternen. Der eine wurde Knecht, der andre Schah. Ein jeder sann auf seine Lust und war dem andern feind. Vergessen war das Haus auf festem Fels. Hinweggefegt von einem Sturm, liegt alles Hocherbaute. Und Knecht wie Schah sehnt nach dem Haus auf jenem Felsen sich.«

Zal sann den Rätseln lange nach. Dann erhob er sich, neigte das Haupt vor Manotschihr und sprach: »Die zwei Rosse, schwarz und weiß, sind Tag und Nacht. Die beiden Bäume sind die Himmelshälften. Der Vogel ist die Sonne. Ihr Kommen läßt die Welt erblühen, ihr Scheiden läßt sie welken. Es ist nicht schwer, diese Rätsel zu lösen. Das dritte jedoch ist von anderer Art. Schlauheit reicht nicht aus, seinen Sinn zu erraten. Es bedarf der Weisheit und der Erfahrung eines langen Lebens, ihm nahe zu kommen. Mir fehlt das eine wie das andere. Doch hat mich die Simurg manches gelehrt. Stünde sie hier und müßt antworten, sie würde sagen: Der Mensch wird geboren, der Mensch stirbt. Das gilt für den Schah wie für den Knecht. Errichte Paläste, türme Schätze auf bis zu den Sternen, verkaufe dich dem trügerischen Ruhm, der Eitelkeit des Hofes, der königlichen Macht. Das alles stürzt, zuletzt stehst du allein und sehnst dich nach dem Fels, dem Haus da oben, das du verlassen hast. Doch jeder Schritt hinauf bedarf der Kraft des Geistes und des Herzens. Hast du dich an Lügen verbraucht, an Schmeichelei und Flitterkram des Tals, bleichst du am Weg dahin und bist schon tot, bevor du stirbst.«

Manotschihr staunte ob solcher Rede eines Jünglings, und die Mobaden lobten Zals lebendigen Geist. Alle wurden von Heiterkeit erfaßt, und Lust zu frohem Gelage überkam sie. Die ganze Nacht hindurch wurde gezecht, und Sklavinnen tanzten. Das Schloß war vom Kerzenschein hell wie der volle Mond.

Was nun noch zu erzählen ist, ist schnell erzählt.

Destan Zal schickte einen Boten zu Sam, dieser einen zu Michrab. Michrab rief Sindocht, und Sindocht eilte zu Rodhabe. Den Alten war, als entstiegen sie, wieder jung geworden, dem Grab. Die Jungen vergaßen zurückliegendes Leid und dachten nicht an künftiges. Berauscht von Freude, nahmen sie den Augenblick für die Ewigkeit. Das Hochzeitsfest dauerte sieben Tage. Während dieser Zeit war Kabulistan für Zecher und Schlemmer ein Paradies.

KING LEAR

(Angefangen von Andreas, 7 Jahre alt; weitergeführt von Werner Heiduczek, 63 Jahre alt.)

Es waren einmal vier Brüder, und jeder hatte eine Kuh, nur der Vater hatte keine.
Da sagte der ältere Bruder zum nächsten: »Jeder von uns hat eine Kuh, nur der Vater hat keine. Du bist jünger als ich, gib du dem Vater deine Kuh, daß er Milch hat.«
Weil aber der zweitälteste seine Kuh behalten wollte, sagte er dasselbe zum drittältesten, und der gab es weiter an den jüngsten. Der jedoch dachte bei sich: der Vater ist alt, und ich bin jung. Mir steht die Milch eher zu als dem Vater, denn er ruht aus, und ich muß arbeiten. Und so blieb alles, wie es war.

Es waren einmal vier Brüder, und jeder hatte eine Frau, nur der Vater hatte keine mehr.
Da sagte der älteste Bruder zum nächsten: »Jeder von uns hat eine Frau, nur der Vater hat keine mehr, laß die deine für den Vater Brei kochen.« Und der zweite sagte es zum dritten, und der gab es weiter an den jüngsten. Und weil der wieder niemand hatte, an den er es weitergeben konnte, dachte er: Der Vater ist alt, und ich bin jung, und die Frau muß den Brei kochen für mich und unsere Kinder. Der Vater ruht aus, ich aber muß arbeiten. Und so blieb alles, wie es war.

Es waren einmal vier Brüder, und jeder hatte ein Haus, nur der Vater hatte keins.

Da sagte der älteste Bruder zum zweiten: »Jeder von uns hat ein Haus, nur der Vater hat keines, du bist gesünder als ich, nimm du den Vater in dein Haus.« Über den dritten kamen die Worte an den jüngsten. Und weil der jüngste niemanden hatte, den er zu sich bestellen konnte, um ihn zu beauftragen, dem Vater ein Bett zu geben, dachte er: Mein Haus ist klein, und ich habe eine Frau und vier Kinder und einen Hund und eine Katze, wo soll ich das Bett aufstellen für den Vater. Und so blieb alles, wie es war.

Es waren einmal vier Brüder, und jeder hatte in seinem Garten ein Grab, nur der Vater hatte keines.
Auf einem Feld blühten Blumen.

RATTENFÄNGER 84

(Nach dem Holzstich von Karl-Georg Hirsch mit dem Titel »Märchen oder Traum-Rattenfänger 84«.)

Es lebten auf einem Stern zwei gewaltige Männer. Der eine lebte hier, der andere dort. Und es war gut. Doch eines Tages kam es dem einen in den Sinn, hier und dort leben zu wollen.
Da sagte der andere: »Wenn du hier und dort leben willst, dann kommt es mir zu, dort und hier zu leben.«
Sie konnten nicht einig werden und fingen an, einen Tschinggis-Chan zu tanzen, daß die anliegenden Sterne aufglühten. Da fürchteten die beiden Starken um das eigene Leben und meinten, es mit einer anderen Kunst versuchen zu sollen.
»Wer«, so sagten sie, »mit seiner Musik das durch und durch grobohrige Volk der Ratten zum Tanzen bringt, dem soll hier und dort und dort und hier gehören.«
Alsgleich befahl ein jeder die ihm eigenen Ratten zu sich. Sobald die Tiere vollzählig versammelt waren, griff der eine sich in den Gurt, der andere schlug die Trommel, und beide stießen mit einer solchen Kraft in die Posaune, daß die herabstürzenden Töne tiefe Löcher in die Erde rissen, wohinein die erschreckten Tiere sich flüchteten, ohne daß die Streitenden es wahrnahmen. Sie streckten die Beine und winkelten sie, und eh sie es sich versahen, tanzten sie erneut einen Tschinggis-Chan, daß der Stern barst und die anliegenden Sterne verglühten.
Ineinander verschlungen rasen die beiden noch heute tanzend und blasend durch die Weite des Himmels und können nichts hören und können nichts sehen, nur sich selbst.

MARKUS
DER FLIEGER

Als ich Rom besuchte, fragte mich ein gelehrter Mann, wen ich für den größten Dichter hielte. Und als ich zur Antwort gab: »Markus«, sagte er, das sei wohl sicher der große Marcus Aurelius, den ich meinte.

»Marcus Aurelius war ein bedeutender Mann«, erwiderte ich, »aber der größte Dichter war er nicht.«

Im hohen Pamir, auf einem einsamen Berg, wollte ein Mönch wissen, wer für mich der mutigste Entdecker sei.

»Markus«, sagte ich.

Das sei wohl sicher der große Marco Polo, an den ich dächte, entgegnete er.

»Marco Polo war ein rühmenswerter Mann«, sagte ich, »aber der mutigste Entdecker ist er nicht.«

Und im weißen Leningrad fragte mich ein Bauer nach dem größten Philosophen.

»Markus«, sagte ich.

Es sei wohl Marx, den ich meinte, gab er zur Antwort.

»Marx war ein großer Mann«, erwiderte ich, »aber vor Markus würde er den Hut ziehen.«

Und in Rom und im Pamir und in Leningrad wollten sie wissen, wer wohl jener Markus wäre, von dem ich redete. Ein jeder, der von ihm hörte, schämte sich, ihn nicht zu kennen.

Markus, erzählte ich, wohnt einen großen Steinwurf und einen kleinen von mir entfernt. Wenn ich vor meiner Hütte am See sitze, kann ich in sein Fenster sehen. Sein Haar ist weiß wie die Rinde der Birken im fernen Sibirien. Und seine Augen erin-

nern mich an den Himmel, der über Ägypten liegt. Wenn er die Arme ausbreitet, ist er wie eine Möwe, die ihre Flügel streckt. Markus ist fünf Jahre alt und kann fliegen. In der Tat. Ich habe es nicht glauben wollen, wenn er behauptete, er wäre über den See geflogen wie einer der wilden Schwäne.
Doch eines Tages war ich müde und traurig und verzweifelt. Ich hatte ein dickes Buch geschrieben und ein dünnes. Und ich dachte, ich müßte sterben, denn mein Kopf war leer wie eine Regentonne im heißesten Sommer.
Da kam Markus, faßte mich bei der Hand und sagte: »Wollen wir fliegen?«
»Ich werde mich vom Fernsehturm stürzen«, erwiderte ich, »was anderes bleibt mir nicht, denn ich bin ein Dichter ohne Einfälle.«
»Und wie willst du hinkommen?« fragte Markus.
»Mit der Bahn und dann mit dem Fahrstuhl«, sagte ich.
»Ich fliege dich hin«, sagte Markus. »Steig auf diesen Baumstumpf.«
Ich spare Geld, dachte ich, und es geht schneller.
Also stieg ich auf den Baumstumpf. Markus stellte sich neben mich, umklammerte mein Knie und schrie: »Mach die Augen zu, es geht los!« Ich machte die Augen zu, und bei allen Wundern der Welt, ich spürte, wie sich meine Füße vom Holz des Baumes lösten. Wir stiegen senkrecht hoch wie eine Rakete.
»Jetzt mach die Augen auf«, rief Markus, »das Feuer ist vorbei.«
Ich öffnete langsam die Augen, und mir schwindelte.
»Hab keine Angst«, sagte Markus, »ich bin schon eine Million Mal geflogen. Dort drüben ist der Fernsehturm. Siehst du ihn?«
»Nein«, antwortete ich.
»Dann steigen wir höher«, sagte Markus.
Ich sah den See unter mir. Er glänzte wie eine Glasscherbe in der Sonne. Und die weißen Segel der Boote blinkten, und die Bäume schienen mir grüner als auf der Erde.

»Siehst du den Fernsehturm jetzt?« fragte Markus.
»Ja«, sagte ich, »aber fliegen finde ich schöner als hinunterspringen. Ich möchte auf die Burg nach Prag.«
»So weit reicht der Treibstoff nicht«, erwiderte Markus. »Bis Prag nicht, höchstens bis Kuba.«
»Dann fliegen wir nach Kuba«, sagte ich.
Wir flogen über das schöne Paris und das heiße Spanien. Und als wir über Madrid waren, fiel Markus ein, daß er noch bei den Eskimos etwas zu verrichten hätte. Der Präsident der Eskimos habe ihn zu einer wichtigen Weltkonferenz eingeladen. Das habe er völlig vergessen.
»Mein Gott«, rief ich. »Was soll ich bei den Eskimos. Ich habe nur ein dünnes Hemd an und erfriere dort.«
»Wenn ich nicht zur Konferenz fliege, gibt es Krieg«, sagte Markus, »der Eskimo-Präsident wird dir einen Pelz geben.«
Also flogen wir zu den Eskimos, und ich fror jämmerlich. Aber die kleinen schwarzhaarigen Leute wickelten mich in weiße Felle und setzten mich vor ein Feuer. Währenddessen hielt Markus vor allen Präsidenten der Welt eine große Rede. Und überall saßen die Menschen am Radio und hörten ihn: in Indien und Südafrika und in Königs Wusterhausen. Drei Stunden, drei Minuten und drei Sekunden sprach Markus. Und als er geendet hatte, klatschten alle, die ihn gehört hatten, ebensolange Beifall.
Markus bekam einen großen Orden. Als wir fortflogen, standen alle Präsidenten der Welt am Startplatz und winkten uns zu.
»Und nun nach Kuba«, sagte Markus.
»Nein«, sagte ich, »flieg mich zurück zum See. Ich glaube, ich kann wieder schreiben.«
Wir landeten auf dem Baumstumpf. Nicht einen Zentimeter zu weit nach links. Und nicht einen Zentimeter zu weit nach rechts.
Ich schrieb sieben Monate und sieben Wochen und sieben Tage. Und wenn mein Kopf leer war und ich meinte zum Fernseh-

turm fahren zu müssen, um mich hinabzustürzen, ging ich zu Markus, faßte ihn bei der Hand und sagte: »Wollen wir fliegen?« Und alsgleich lief Markus mit mir zum Baumstumpf und flog mit mir, wohin immer ich wollte.

NARZISS UND ECHO

In den Büchern der Weisheit steht geschrieben: Neun Menschenalter lang lebt die geschwätzige Krähe, ein Hirsch so lange wie vier Krähen, drei Hirschenalter erreicht ein Rabe, neun Rabenalter eine Palme und zehn Palmenalter die schönhaarigen Nymphen. Wenn aber Klotho, die jedem den Faden spinnt, es anders will, ist alles anders. Selbst die Götter müssen hinnehmen, was sie nicht hinnehmen möchten. Nur die Liebe kann das Herz der Alten bewegen, leben zu lassen, was längst sterben sollte.

Wer es nicht glauben will, der höre mir zu, denn ich will erzählen, was mit Narziss und Echo geschehen ist.

Am Parnaß, dem Berg der Dichter, entspringt der Kephisos. Einst mündete er in den Kopais-See, der heute trockenes Land ist. Aber auch der Fluß ist nicht mehr der dunkelhaarige Gott, der er früher einmal war, sondern nur noch ein müdes Wasser. Die Nymphen sind von seinen Ufern verschwunden. Auch Leiriope, die dem Kephisos Narziss gebar, ist tot. Damals aber wusch sie den Jungen jeden Morgen im klaren Wasser des Flus-

ses, wiegte ihn des Abends im Schein des Mondes und gab ihm vom Honig der Bienen zu essen.
Narziss war außergewöhnlich schön, wer ihn ansah, liebte ihn. Die Mittagssonne hüllte sich in Wolken, der Nordwind blies weniger kalt, der Löwe wurde zahm, blickte er auf das Kind. Niemand wollte ihm ein Leid antun.
Leiriope erkannte bald den seltsamen Zauber, der von ihrem Sohn ausging. Wenn er sie auch glücklich machte, weckte es doch zugleich in ihr Angst, denn sie wußte, daß alles Ungewöhnliche auch ungewöhnlich endet. So nahm sie eines Tages Narziss bei der Hand und ging mit ihm zum blinden Teiresias. Sie gab dem Alten kostbare Perlen und sprach: »Dir hat Zeus die Gabe verliehen zu sehen, was andere nicht sehen können. Sag mir also, ob auf mein Kind Glück wartet oder Unglück, ein kurzes Leben oder ein langes.«
Teiresias hob tastend die Arme, berührte das Gesicht des Jungen, strich über seine Stirn und die Wangen, dann antwortete er: »Solang dein Sohn sich nicht selbst erkennt, wird er leben und glücklich sein.«
Leiriope verstand den Spruch des Mannes nicht, aber so sehr sie auch drängte, daß er ihr die Worte erkläre, Teiresias wiederholte immer nur denselben Satz. Also kehrte sie zurück zum Ufer des Kephisos, um nichts klüger als zuvor.
Die Jahre vergingen, und am Ende vergaß die Nymphe den dunklen Ausspruch des Teiresias.
Narziss aber wuchs heran und war schöner als alle Blumen Boiotiens. Die Najaden bei den Quellen, die Dryaden in den Wäldern sahen den Jüngling und ihr Verlangen nach ihm war gewaltig. Narziss jedoch lachte über sie und ihre Liebe zu ihm. Wie Artemis größeres Vergnügen an der Jagd fand als an einem Mann, so begehrte er keine andere Lust als allein die, Eber zu hetzen und Hirsche zu schießen.
Nun lebte damals in Boiotien eine Nymphe mit dem Namen Echo. Sie war eine Tochter des Zeus und ihrem Vater zugetan,

wie es junge Mädchen oft sind. Das wurde ihr zum Verhängnis, denn Zeus, wohl mächtig, aber nicht mächtig genug, der Wollust zu widerstehen, machte sich ihre Schlauheit und ihre flinke Zunge zunutze.

Wer heute die Welt ansieht, muß meinen, der Olympier habe all seinen Witz dafür aufgebraucht, den Frauen beizuliegen. Ob nun als Goldregen, Schwan, Feldherr oder Stier, ihm war jede Gestalt recht, brachte sie ihm nur das erwünschte Vergnügen. Hera, sein Weib, hatte manchen Ärger mit ihm. Aber so sehr sie sich auch mühte, ihm den Spaß zu stören, immer kam sie zu spät. Dafür eben sorgte Echo. Spielte Zeus seine Liebesspiele mit den Nymphen, bestellte er das ihm willfährige Mädchen zum Wächter. Schlich Hera ihm nach, kam Echo wie zufällig des Wegs. Und da sie anmutig war und klug und gewandt in der Rede, gelang es ihr, die mißtrauische Göttermutter für die Zeit aufzuhalten, die Zeus brauchte, um unbemerkt zu entwischen. Das ging, solange es ging. Einmal nämlich wollte eine Nymphe dem Olympier nicht zu Willen sein, floh, und der von Liebespein gequälte Zeus stürzte der Fliehenden hinterdrein, dabei den Spruch nicht beachtend: Geilheit macht selbst einen Gott zum Toren. Jedenfalls bemerkte Hera ihren Mann, und da Echo, bemüht, dem Vater beizustehen, gar zu eifrig redete, wurde der Betrogenen mit einem Male klar, auf welche Weise die Nymphe sie all die Jahre über genarrt hatte. Hera geriet derart in Wut, daß sie einen schrecklichen Fluch gegen das Mädchen ausstieß.

»Deine flinke Zunge, die mich arglistig getäuscht hat, soll fortan hinken«, rief sie. »Alles Eigene soll ihr verlorengehen, und vom Fremden soll sie nur das Ende nachplappern.«

Auf solche Weise gestraft, rannte Echo durch die Täler und Wälder, immer wieder versuchend, ein eigenes Wort zu sprechen. Aber es gelang ihr nicht. Heulte nachts ein Wolf, heulte sie ihm die letzten Töne nach. Brüllte ein Löwe, brüllte sie gleichfalls, schrie irgendein Wesen, schrie auch sie. Ihre Gedanken gehörten ihr, aber die Stimme gehörte anderen. Es war ein trostloser Zustand, und es sollte noch schlimmer kommen.

Wie sie so in Eigenes und Fremdes zerrissen durch Boiotien rannte, begegnete sie Narziss. Von der Jagd erhitzt, ruhte er im Schatten einer Zeder. Echo erblickte den Schlafenden, und ihr war, als hätte Eros sie nicht nur mit einem Pfeil getroffen, sondern mit tausend anderen dazu. Und weil ihr das Herz heiß war, waren es auch ihre Lippen. Sie beugte sich über den schönen Unbekannten, schien ihr doch sein Mund wie das kühle klare Wasser eines Bergquells, das allen Durst löscht. Da erwachte Narziss, meinte, ein Tier wolle ihm an den Hals, schlug um sich, Echo aber eilte voller Scham davon und verbarg sich im dichten Unterholz des Waldes.

Es heißt, wer liebt und wird nicht wiedergeliebt, nimmt den Tod zum Freund. Aber es heißt auch, Beharrlichkeit bringt selbst in der Wüste Rosen zum Blühen. Echo war jung und glaubte mehr an die Wahrheit des zweiten Spruches als an die des ersten. Sie folgte Narziss verstohlen überall hin. Kein Wald war ihr zu finster, kein Pfad zu schmal, kein Berg zu steil, wußte sie Narziss nur in der Nähe. Erblickte sie ihn, entflammte in ihrem Herzen immer wieder die Liebe. So brennt eine in Schwefel getauchte Fackel, wird sie vom Feuer berührt. Und einmal, eine Zeit war vergangen, schien es, als sollte Echos Hoffnung sich erfüllen.

Es war in den thessalischen Bergen. Dort jagte Narziss mit Freunden nach Wildkatzen, Rehen, Adlern, was immer sich anbot. Im Eifer des Treibens jedoch verlor er seine Gefährten. Die Gegend war unwegsam, und schon mancher war hier von Tieren oder Strauchdieben angefallen worden. Weil bereits der Abend kam, rief Narziss laut: »He, ist jemand hier?«

Echo hielt sich im Gebüsch verborgen und antwortete voller Freude: »Jemand hier.«

Narziss blickte um sich, aber er sah niemanden. Also rief er wieder: »Wo bist du? Komm her.«

»Du komm her«, erhielt er zur Antwort.
Narziss glaubte, einer der Freunde triebe mit ihm Scherz und äffe seine Stimme nach. Er suchte hier, dann dort, jedoch vergebens. Echo sah ihn ganz nah, und das Herz schlug ihr heftig.
»Genug«, rief Narziss, »komm endlich zu mir.«
»Endlich zu mir«, erwiderte Echo.
Noch niemals hatte die Nymphe den Ruf eines anderen so sehr als eigenen zurückgegeben wie diesen. Die Liebe ließ sie glauben, Heras Fluch sei von ihr genommen, und sie trat aus dem Versteck hervor, streckte die Arme aus und lief auf Narziss zu. Der aber, halb verwirrt halb zornig, wich zurück und stieß hervor: »Was willst du?«
Echo, in einem Übermaß an Glück nichts anderes wahrnehmend als nur den Geliebten, jubelte: »Willst du.« Dabei umschlang sie den so lang Ersehnten und meinte, die Götter schenkten ihr alle Genüsse des Olymp.
Narziss jedoch, dem es angenehmer schien, von einem Strauchdieb angefallen zu werden als von einer Frau, befreite sich, trieb die Nymphe von sich und fand als Antwort nur die Worte: »Eher soll mich Minotaurus fressen, als daß ich dich lieben wollte!« Dann stürzte er davon.
»Dich lieben wollte«.
Bloß das noch konnte die Unglückliche sagen, denn es gab keinen, der ihr vorsprach, wie sie hätte sprechen wollen.
Von Stund an hielt Echo sich in Wäldern, Schluchten und Höhlen verborgen. Nur die sie quälende Liebe zu Narziss war ihr Begleiter. So sehr sie auch zu Aphrodite flehte, ihrem Herzen die Sehnsucht zu nehmen, die Göttin vermochte nicht, die Bitte zu erfüllen. Denn wer liebt, liebt.
Echo lag des Nachts ohne Schlaf, der Körper siechte, die Haut schrumpfte, die Knochen wurden zu Stein. So verging sie, allein ihre Stimme, die bloß widerzuhallen vermag was andere rufen, blieb bis zum heutigen Tag.

Narziss hingegen fand seine Freunde wieder, vergaß, was ihm in den Bergen begegnet war, und verspottete mehr noch als zuvor die Liebe der Frauen.
Jedoch alles hat seinen Anfang und jedes sein Ende. Der Eitle stürzt über den Hochmut, der Gewalttätige über die Gewalt, der Lieblose über die Liebe. So will es Nemesis, die das Unrecht straft. Und glaubt da jemand, ihr entwischen zu können, den fängt die geflügelte Göttin am Ende doch.
Narziss lockte sie nach Rhamnus. In den Bergen dort entsprang eine Quelle, deren Wasser den Himmel mit solcher Reinheit widerspiegelte wie kein Fluß sonst auf der Erde. Noch nie hatte eine Herde in seiner Nähe geweidet. Kein Vogel hatte darin gebadet, ja nicht einmal ein Blatt hatte den Quell jemals getrübt. Dahin also kam Narziss. Es war ein heißer Tag, und nirgendwo gab es einen angenehmeren Platz zum Ausruhen. Der Jüngling setzte sich ins weiche Gras. Er war durstig und beugte sich über den Bach, um daraus zu trinken. Dabei aber tauschte er einen Durst gegen einen weitaus heftigeren, denn im Spiegel des Wassers erblickte er eine Gestalt, schöner als aus parischem Marmor geformt. Er vergaß die Stunde, er vergaß den Ort, er schaute immer nur auf den Jüngling, der ihn aus der Tiefe anblickte, und der, so schien es Narziss, sich in Sehnsucht nach ihm verzehrte wie er nach dem Unbekannten. Er wollte ihn küssen, doch seine Lippen netzte nur kühles Wasser. Er tauchte die Arme in den Quell, um den Geliebten zu fassen, aber die Gestalt zerfloß. Er richtete sich ein wenig auf, blickte um sich, da waren nur Pinien und Platanen, und er rief: »Ach, ihr Bäume, ihr seid Jahrhunderte alt und habt vieles erlebt, sagt, was geschieht mir? Ich liebe, und der mir entgegensieht, liebt mich auch. Aber nirgendwo finde ich ihn. Kein Meer liegt zwischen uns, kein weiter Weg, kein hoher Berg, kein verschlossenes Tor, nur dieses schmale Wasser. Ich sehe bis auf seinen Grund, und dennoch ist es grundlos. Es kühlt meine Hände, aber es verbrennt mir das Herz.«

So klagte Narziss, jedoch die Bäume schwiegen. Nur der Wind strich durch ihre Kronen.
Da wandte sich der von Liebe Gequälte wieder der Gestalt im Fluß zu und sagte: »Flieh nicht länger vor mir. So häßlich kann ich nicht sein, daß du mich abweist, denn alle Nymphen Griechenlands begehren mich. Gib es zu, du begehrst mich wie ich dich. Strecke ich den Arm nach dir aus, greifst du nach mir. Lächle ich, lächelst du, winke ich, winkst du gleichfalls. Und jetzt, da ich zu dir spreche, sprichst du zu mir, aber ich höre nicht, was du sagst.«
Und noch indem er so redete, wurde ihm plötzlich bewußt, daß der, den er sah, er selbst war, und daß er sein eigenes Spiegelbild liebte, ohne von ihm geliebt werden zu können. Da wurde sein Schmerz so groß, daß er weinte, wie einmal Echo um ihn geweint hatte. Seine Tränen trübten das klare Wasser, das Bild verzerrte sich, wurde dunkel und verschwand.
»Bleib bei mir und laß mich nicht einsam zurück«, stöhnte Narziss. »Wenn es mir nicht vergönnt ist, dich zu berühren, so laß mich dich anschauen, auch wenn es mich umbringt.«
Er zerriß sein Kleid, und in unsinnigem Verlangen nach sich selbst schlug er mit den Fäusten die Brust.
Das Wasser aber glättete sich wieder und spiegelte die Dinge in schöner Reinheit zurück wie zuvor. Narziss sah seine Locken, seine Augen, seinen Hals, und er rief: »Oh, könnte ich mich von mir selbst abtrennen.«
Und von weither hallte es wider: »Selbst abtrennen.«
Narziss aber hörte es nicht. Er starrte unentwegt in die Flut, und die Liebe zu sich selbst zehrte ihn auf, wie Feuer das Wachs einer Kerze aufzehrt und die Sonne den Schnee.

Nymphen fanden den Sterbenden. Wenn auch von seiner einstigen Schönheit wenig geblieben war, so lebte in ihnen doch noch die Erinnerung daran. Und obwohl Narziss sie um ihrer Liebe wegen verhöhnt hatte, schnitten sie Locken von ihrem

Haar, legten sie auf seinen reglosen Körper und flehten zu Aphrodite, sie möchte nicht die ganze Schönheit zum bloßen Schatten werden lassen.
Wie sie noch klagten und baten, flammte mit einem Male der Himmel auf, und es fiel heftiger Regen, ohne daß eine Wolke zu sehen war. Als alles wieder zur Ruhe gekommen war, wuchs an der Stelle, wo zuvor der Tote gelegen hatte, eine Blume von betäubendem Duft. Sie beugte ihren gelben Kelch mit den weißen Blütenblättern über das spiegelnde Wasser, als schaue sie sich in Verzückung an.

Die Menschen nannten die Blume nach dem Unglücklichen. Heute wächst sie an vielen Orten. Nirgends aber blüht sie so schön wie in Attika. Wenn jemand liebt und wird nicht wiedergeliebt, soll er hingehen und jenen Quell bei Rhamnus suchen. Pflückt er dort die Blume und bringt sie dem Geliebten, ohne daß die Blüte welk geworden ist, hat sie die Kraft, einem kalten Herzen Liebe zu geben.

DER RAUB DER PERSEPHONE

Einmal, die Welt war schon lange aufgeteilt in das Reich der Finsternis, das des Meeres und das des Lichts, verließ Hades, der Herrscher über alle Toten, sein dunkles Haus, trat vor Zeus und sagte: »Ich bin einsam. Dem Mann ist das Weib beigegeben, der Wolf vereint sich mit der Wölfin, sogar der hinkende Hephaistos hat seine Freude an Aphrodite. Gar nicht zu reden von den ungezählten Genüssen, die du dir selbst zuteilst. Mich umflattern seit Ewigkeit graue Schatten, und ein Ende ist nicht abzusehen. Ich bin des Zustandes überdrüssig.«

Zeus war gerade von Argos in den Olymp heimgekehrt. Er hatte Danae, der Tochter des Königs, in Gestalt eines Goldregens beigewohnt, war müde und wollte ausruhen. Hades kam ihm zu unpassender Zeit.

»Höre, Bruder«, erwiderte er, »wir wollen einander nicht Last und Vergnügen aufrechnen. Ob Licht, ob Finsternis, jedes hat seine Ordnung. Das weißt du ebenso wie ich. Stoßen wir ein Gesetz um, stürzen tausend andere auch. Der Olymp wird Tartaros, der Tartaros Olymp. Wir haben das Chaos beseitigt, nun willst du neues schaffen. Geh zurück, woher du gekommen bist, denn so, wie es ist, ist es gut.«

Er winkte Ganymed und hieß ihn Nektar bringen für den mächtigen Gast. Hades nahm nur selten an den Gelagen der großen Götter teil und war des Trinkens ungewohnt. Zeus, so meinte er, wollte ihn betrunken machen, damit er leichtes Spiel mit ihm hätte. Also griff er den Becher, den der kindliche Mundschenk ihm reichte, schüttete den Nektar vor die Füße des Obersten der Olympier und sagte: »Dem Satten fällt es leicht, über die Notwendigkeit des Hungers zu reden. Mein schlauer Bruder, du bist nicht schlau genug, mich zu täuschen. Ich begehre nichts, was aus der Ordnung ist. Wenn dem Tier erlaubt ist zu lieben, dann einem Gott nicht minder. Da ich aber über Schatten gebiete und diese ohne Körper sind, verhilf mir zu einer Frau, die meine Hände berühren können, wie ich hier den Becher berühre und den Tisch, auf den ich ihn stelle.«

Zeus erkannte, daß der dunkellockige Herrscher über die Toten nicht einer Laune wegen gekommen war. In ihm brannte das gleiche Verlangen wie in jedem Manne. Also versprach er, sich in Theben oder Athen umsehen zu wollen. Dort lebten Frauen, die an Reiz Aphrodite kaum nachstünden. Auch bei den Nymphen und Dryaden sei satte Auswahl. Es ginge dann nur darum, die Ausgesuchte unsterblich zu machen und ihr ewige Jugend zu verleihen, damit am Ende nicht ein altes Weib Hades dem Gespött der Schatten preisgäbe und ihn sein jetziger Wunsch reue.

So redete Zeus und glaubte, seinen Bruder zufriedengestellt zu haben, doch der entgegnete: »Mich interessieren nicht Töchter aus Theben und Athen, nicht Nymphen, nicht Dryaden. Ich will Persephone. Ich sah sie, und meine kalte Stirn wurde heiß. Ich trank vom Wasser des Vergessens, aber ihr Bild löschte sich in mir nicht aus. Mir ist elend.«

Als Zeus das hörte, sprang er auf. Unter seinem Fuß erbebte der Olymp und mit ihm alle Berge Griechenlands.

»Bedenke, was du forderst«, rief er. »Persephone ist meine Tochter, ihre Mutter Demeter, die Göttin allen Blühens. Niemals wird sie erlauben, daß ihr Kind die hellen Quellen eintauschen soll gegen das sumpfige Wasser des Acheron, das Lied der Vögel gegen das Gebell des Kerberos, die bunten Falter gegen umherflatternde Schatten. Welches Mädchen du auch immer willst, du sollst es haben, Persephone schlag dir aus dem Kopf.

Hades aber blieb bei seinem Begehren, und da Zeus nicht ge-

willt war nachzugeben, redete sich der liebeshungrige Gott der Toten immer mehr in Zorn. Am Ende stieß er einen furchtbaren Fluch aus: Er werde Charon, den Fährmann, in die Höhle des Kerberos sperren. An seiner Statt solle der Höllenhund am Ufer des Acheron sitzen und die Schatten der Dahingeschiedenen auf die Erde zurückjagen. Tote würden sich auf Toten türmen bis in den Olymp hinein, alles Leben unter sich ersterben lassend. Jeglicher Genuß solle den Himmlischen genommen, aller Schrecken gegeben werden.
Auf solche Art in die Enge getrieben, wußte Zeus nicht ein noch aus. Die Welt konnte nicht sein ohne den Gott der Toten, und sie konnte nicht sein ohne die Göttin des Blühens. In seiner Not fand der Olympier jenen Spruch, der bis auf den heutigen Tag den Menschen notdürftige Hoffnung gibt: Kommt Zeit, kommt Rat. Er versprach Hades Persephone zur Frau, bat aber den Bruder um eine Frist, denn die Angelegenheit berge ihre Tücken in sich und sei nicht von heut auf morgen zu vollenden. Hades war zufrieden und kehrte zurück ins Reich der Schatten.

Eine Zeit ging hin, da begab sich Demeter nach Sizilien. Die Ernte auf der Insel war reichlich gewesen, und die Bauern brachten ihrer Beschützerin vielfache Opfer zum Geschenk.
Persephone blieb am Fuße des Berges Nysa zurück, fernab, am Gestade des Ozeans, wo ewig Frühling war. Dort lebte sie unbeschwert, spielte mit den Töchtern des Okeanos und war ausgelassen, wie eben Mädchen in ihrem Alter sind. Auf diesen Tag hatte Zeus gewartet. Er befahl Gaia, die Urmutter Erde, zu sich und hieß sie, an einem verborgenen Ort zwischen dem Berge Nysa und dem Ozean eine Blume wachsen zu lassen, wie es sie bisher noch nicht gab. Und Gaia eilte zu tun, was von ihr verlangt wurde.
Am nächsten Morgen, Sonne und Sterne begegneten einander, lief Persephone durchs taunasse Gras der nysäischen Wiesen, freute sich der aufleuchtenden Wolken am Himmel und ver-

spürte Lust, Blumen zu pflücken. Da waren Rosen und Hyazinthen, Violen, Krokusse, Lilien und tausend andere Pflanzen mehr. Persephone schmückte damit ihr Haar, flocht Kränze, streifte sie über die Fußgelenke und entfernte sich immer weiter von ihren Gefährtinnen. Sie haschte nach zwei Faltern, Zeus hatte sie geschickt, und sie lockten die Ahnungslose zu jenem Platz, der zu ihrem Unheil ausgesucht war. Dort nämlich wuchs Gaias Blume. Als Persephone die Blüte sah, lachten ihr die Augen und das Herz. Ebenso lachten der Himmel und das salzige Wasser des Meeres. Ein betäubender Duft ging von der Narzisse aus, denn eine solche war es. Das Mädchen bückte sich, um sie zu pflücken. Da tat sich unversehens die Erde auf, Hades sprang aus der Tiefe hervor, packte die sich entsetzt Wehrende auf einen goldenen Wagen und entführte sie in sein finsteres Reich. Der schrille Schrei der Geraubten hallte von den Gipfeln der Berge wider und vom Grund des Meeres. Er drang auch zu ihrer Mutter nach Sizilien. Schneller als ein Geier fliegt, sauste Demeter übers Wasser und über Länder zum Fuße des Berges Nysa, aber sie fand Persephone nicht mehr vor, und niemand wußte zu sagen, wo sie zu suchen sei, auch kein wahrsagender Vogel. Da riß Demeter in tiefem Kummer den Kranz von ihrem Haar und warf den blauschwarzen Mantel von ihren weißen Schultern. Sie entzündete zwei Fackeln, irrte neun Tage umher, aß nicht, trank nicht und wusch auch nicht den Körper. Immerzu rief sie nach ihrem Kind, jedoch vergebens. Schließlich begegnete ihr Hekate, die Göttin der Nacht. Sie hatte gleichfalls die Angstschreie des Mädchens gehört, aber auch sie wußte nicht, was geschehen war.

»Geh zum Sonnengott«, sagte sie, »auf seinem Weg über den Himmel hört er nicht nur alles, sondern sieht auch, was sich auf Erden zuträgt.«

So eilte Demeter zu Helios, stellte sich vor seine Rosse und rief: »Leuchtender Helios, ich war auf Sizilien, wo die Menschen mir Opfer darbrachten, Persephone, meine Tochter, ließ ich am Fuße des Berges Nysa zurück. Nichts ist mir von ihr geblieben als Schreie des Schreckens. Sag mir, ich bitte dich, wo kann ich sie finden?«

Da fühlte der Sonnengott Mitleid mit der Göttin allen Blühens, die der Kummer aussehen ließ wie eine alte Frau, und er entgegnete: »Du jammerst und weinst, aber kein anderer als Zeus, dem du Persephone geboren hast, trägt Schuld an deinem Elend. Er hat seinem Bruder Hades erlaubt, das Mädchen zu rauben und zur Frau zu nehmen. Ändern wirst du es nicht, also hör auf, dich wie toll zu gebärden. Hades ist kein unwürdiger Schwiegersohn. Er herrscht über ein Drittel des Weltalls. König im Olymp oder König im Schattenreich, am Ende ist da kein Unterschied.«

Ohne eine Antwort abzuwarten, jagte Helios davon. Demeter aber grämte sich mehr als zuvor. Sie haßte Hades, verabscheute Zeus, mied die Versammlungen der Götter und ging zu den Menschen, weil sie von ihnen Trost erhoffte.

So kam sie nach Eleusis, einem Ort nicht weit von Athen. Am Rande des Wegs, der von der Stadt aus zum Brunnen führte, setzte sie sich unter einen Ölbaum, um auszuruhen. Sie glich einer runzligen Frau, die nicht mehr gebären kann. Niemand erkannte in ihr die ewig junge Göttin der Felder. Wie sie so gedrückt dasaß, den Duft der Gräser nicht achtend, nicht das weite

Blau des Himmels und nicht das Lied der Vögel, kamen die Töchter des eleusischen Königs vorbei, um aus dem Brunnen Wasser zu schöpfen.
»Wer bist du, Alte?« fragten sie. »Woher kommst du? Warum sitzt du hier und nicht im schattigen Hof des Palastes? Dort würde man dir zu essen geben und zu trinken und dich neu kleiden.«
Die Jüngste der Schwestern aber sagte: »Wir haben einen nachgeborenen Bruder. Wenn es die Mutter erlaubt, kannst du für ihn sorgen.«
Da wurden Demeters Augen hell. Sie dachte, haben Zeus und Hades mir die Tochter genommen, so schenken die Menschen mir einen Sohn.
»Gute Kinder«, sagte sie, »ich will euch Dank wissen. Mir ist viel Böses widerfahren. Seeräuber haben mich von Kreta hierhergeschleppt. Ich konnte ihnen entlaufen, aber ich weiß nicht, wo ich bin, und ich weiß nicht, wohin ich soll. Wenn eure Mutter mir erlaubt, das Neugeborene großzuziehen, wird es für sie und den künftigen König der Stadt nicht zum Schaden sein.«
Demeter erhob sich, und die Mädchen staunten über den Wuchs der Fremden, denn diese überragte sie um Haupteslänge. Doch sie meinten, die Bewohner von Kreta seien nun mal so außergewöhnlich hoch gewachsen. Sie liefen zurück, die Mutter zu fragen, und kamen wieder und führten Demeter in den Palast, damit sie den Kleinen umsorge.
Demeter nahm sich des Jungen an, wärmte ihn an ihrer Brust und schenkte ihm auch sonst alle Zärtlichkeit, die sie der Tochter nicht mehr zu geben vermochte. Sie nährte Demophon, so hieß der Knabe, mit göttlichen Speisen. Er gedieh unter ihrer Pflege, war gesund und kräftig wie kein Neugeborenes in Eleusis zuvor. Alle staunten und waren für die Ziehmutter des Lobes voll. Demeters Liebe zu Demophon wuchs von Tag zu Tag. Bald schon galt ihr das Kind wie ein eigenes, und sie wollte den Jungen unsterblich machen, damit Hades niemals Gewalt

über seinen Schatten bekäme. So wusch sie den Kleinen nicht in vorgewärmtem Wasser, wie es die Menschen tun, sondern badete ihn allnächtlich, wenn die anderen schliefen, in den Flammen des Feuers. Wer Demophon tagsüber sah, meinte, einen der Göttlichen zu erblicken, ein solches Leuchten ging von ihm aus. Da aber alles Staunen der Menschen begleitet ist von Furcht vor dem Unerklärbaren, erwachte im Palast bald Mißtrauen gegen die Alte, welche vorgab, aus Kreta zu sein. Dienerinnen redeten der Königin ein, die Fremde habe im Sinn, den Jungen und mit ihm das Haus zu verderben. Am Ende glaubte die Frau dem Geschwätz und fing an, Demeters Tun zu belauschen. Eines Nachts überraschte sie die vermeintliche Wärterin, wie diese Demophon in die Flammen hielt. Sie schlug die Hände zusammen, raufte sich das Haar und schrie: »Oh, mein Kind, die Fremde verbrennt dich. Welches Unglück hat Zeus uns zugedacht!«

Voller Zorn über die Beschränktheit der Frau nahm Demeter den Kleinen aus dem Feuer, legte ihn auf den Boden und sagte: »Menschen, eure Torheit ist groß. Ihr wißt nicht um das Böse, aber auch das Gute ist euch fremd. Ich schwöre dir beim Wasser des Styx, ich wollte deinen Sohn unsterblich machen, und er sollte ewig jung bleiben, denn ich bin Demeter, die Schwester des Zeus. Du hast alles verdorben. Er wird jetzt dem Tod ebenso wenig entgehen, wie ihm keiner von euch entgeht.« Sie warf die Verkleidung ab, nahm ihre wahre Gestalt an, und der nächtliche Himmel über Eleusis leuchtete auf, als berührte ihn Helios mit seinem flammenden Tuch. Die Königin aber ergriff große Angst, sie stürzte zu Boden und flehte, die Furchtbare möge ihren Kindern und Eleusis nichts tun. Strafe habe nur sie allein verdient, die dem guten Handeln der Göttin böse Absicht unterstellt hätte. Die Worte der Frau erbarmten Demeter.

»Soll euch mein Zorn nicht treffen«, sagte sie, »so errichtet zwischen Stadtmauer und Brunnen für mich einen Tempel. In ihm will ich wohnen, da mir sonst nichts geblieben ist.«

Am nächsten Morgen schon rief der König alle Bauleute zu sich und trug ihnen auf zu tun, was die mächtige Göttin verlangte. Sie sollten nicht an parischem Marmor sparen, nicht an Gold, nicht an kostbaren Steinen.

Die Arbeit ging schnell voran, denn jeder in Eleusis wollte, daß die Schwester des Zeus ihm gewogen sei und ihn nicht mit ihrem Zorn verfolge. Weit und breit gab es keinen Tempel, der sich an Größe und Reichtum mit dem aus Eleusis messen konnte, und Demeter nahm ihn zu ihrem Wohnsitz. Dort saß sie, fernab den anderen Göttern, und Schönheit und Trauer umwehten sie. Ihre Gedanken galten allein Persephone und Demophon, alles andere vergaß sie.

Über die Menschen aber kam ein hündisches Jahr. Umsonst pflügten sie, umsonst streuten sie Samen, die Erde blieb taub. Eine große Hungersnot brach herein, niemand konnte den Göttern Opfer darbringen. So erwachte Unwille bei den Himmlischen, sie umdrängten Zeus und forderten, er möge dem Zustand ein Ende setzen. Er hingegen, der Rat geben sollte, war selbst ratlos. Und weil ihm nichts Besseres einfiel, schickte er die buntgekleidete Iris nach Eleusis, damit sie Demeter an den Tisch der Götter zurückhole. Doch Iris vermochte nicht, die Trauernde umzustimmen. Zeus sandte die kluge Athene, nach ihr die liebliche Aphrodite, den kunstvollen Apollon, den kriegerischen Ares, den fingerfertigen Hephaistos. Demeter blieb unversöhnlich. Jedem sagte sie dasselbe. »Ich kehre nicht früher zurück, und ich lasse die Erde nicht fruchtbar werden, bevor ich meine Tochter Persephone nicht in die Arme schließen kann. Habe ich mein Kind wieder, will ich auch den Menschen verzeihen, daß sie mir Demophon genommen haben. Denn sie begreifen nur, was ihnen zu begreifen gegeben ist.«

Alles drohte zu sterben.

Zeus reute längst sein Geschäft mit Hades. Da Demeter sich nicht bewegen ließ nachzugeben, hoffte er, sein Bruder würde einsichtig genug sein. Diesmal wählte er zum Boten Hermes,

den listigen Schmeichler unter den Göttern, den Schalk und Traumbegleiter, denn mit Gewalt war bei Hades nichts auszurichten.
»Mein guter Hermes«, sagte er, »du findest mich in einem elenden Zustand.«
»Ich sehe es, mein lieber Vater«, entgegnete Hermes, »und ich denke, wärst du nicht Zeus, du müßtest Zeus um Hilfe anflehen, weiter hinauf geht's nicht.«
Dem Mächtigsten der Mächtigen war jedoch nicht nach Witzen. »Du zeigst nachts Dieben den Weg, führst geschickt ihre Finger, foppst diesen, narrst jenen«, sagte er. »Beweise jetzt, wozu deine Kunst sonst noch taugt. Bringe Hades dazu, Persephone freizugeben. Gewalt weckt keine Liebe. Was also soll's.«
Hermes fertigte eine Leier aus dem Horn einer Schildkröte und flog zum südlichen Kap des Peloponnes. Von da führte ein Pfad zum Reich der Schatten hinab. Dort hatte Hades für Persephone Gemächer aus schwarzem Marmor bauen lassen, und vor dem Palast hatte er eigenhändig Asphodelen gepflanzt. Doch alles, was hier blühte, war ohne Duft und von grauer Farbe. Die gewaltsam Entführte lebte freudlos wie die umherschwirrenden Schatten, und ihr Herz fror. Wenn Hades ihr auch an Liebe schenkte, was der Gott der Toten eben an Liebe zu geben vermag, Persephones Sehnsucht galt allein der Mutter, den Gespielinnen und den nysäischen Wiesen.
Hermes wußte, was ihn im fahlen Haus hinterm Acheron erwartete, und er meinte, daß es sich leichter reden ließe, wenn Bitternis nicht die Ohren taub machte. So setzte er sich ins blasse Gras vor dem Palast, flocht einen Kranz aus Asphodelen, schmückte damit sein Haar, schlug die Saiten der Leier und erhob seine Stimme. Er sang vom Tag und von der Nacht, vom Blühen und Welken, vom Fortgehen und Wiederkehren. Was er erwartet hatte, geschah: Demeters Tochter trat aus dem Tor. Die hier unten so ungewohnten Töne verzauberten ihre Sinne. Sie glaubte, den Duft der nysäischen Wiesen zu atmen und viel-

farbige Blumen zu sehen. Das unendliche Grau wandelte sich ihr zur fernen Weite des Meeres. Sie lachte auf, lief Hermes entgegen und hieß ihn willkommen. Und weil sich das Mädchen freute, freute sich auch Hades, obgleich er sich die plötzliche Veränderung Persephones nicht erklären konnte. Das Spiel der Leier blieb auf ihn ohne Wirkung. Er sah, was er sah, nicht, was Hermes der Trostlosen vorgaukelte.

Aber die Lust hielt an. Persephone fragte, Hermes erzählte, und der Tag eilte schnell hin, wenn man an jenem Ort überhaupt von Tag und Nacht reden kann. Der Morgen ist hier wie der Mittag ohne Licht und der Abend gleichfalls.

Als Hades meinte, es sei genug geschwatzt, schickte er Demeters Tochter ins Haus, wandte sich Hermes zu und sagte: »Ich kenne dich als einen, der anderen Wasser für Wein verkauft. Du warst kaum geboren, da hast du Apollon fünfzig schöne Kühe gestohlen. Zeus wollte mich mit Nektar betrunken machen, du probierst es mit einer Leier. Versuch nicht, mir die Frau zu nehmen, es würde dir schlecht bekommen.«

Hermes hob die Arme, schlug treuherzig die Augen auf und entgegnete: »Liebster Oheim, was unterstellst du mir. Als ich die Kühe stahl, war ich einen Tag alt. Auch ein Gott bleibt nicht ewig, was er ist. Apollon hat seine Tiere längst zurück. Deinetwegen bin ich hier. Du liebst und bist nicht glücklich. So lebt es sich nicht gut. Schlauheit schafft mehr als Gewalt. Laß Persephone glauben, du gibst sie frei. Ihr Glück wird überschießen. Zeig dich dann leidend um ihretwegen, es wird sie rühren. Biete Großmut an, sie wird sich niedrig fühlen und, ohne es zu merken, anfangen, dich zu lieben. Hast du sie soweit, gib ihr vom Granatapfel zu essen. Mich laß ausruhen.«

Er häufte ein Bett aus Asphodelen, streckte sich darauf und warf den Mantel über sich.

Hades aber ging zu Persephone. Er war gewillt zu tun, wozu Hermes ihm geraten hatte. Doch er sah das Mädchen im Schlaf lächeln, als erfreute sie sich am Gesang des Meeres oder dem

Schein des Mondes auf dem Wasser. Da wußte er, daß er niemals ihre Liebe empfangen würde, und er stöhnte auf, wie nur der Gott der Toten zu stöhnen vermag. Davon erwachte Persephone, sah ihn und rückte aus seiner Nähe fort.
»Was fürchtest du dich vor mir«, sagte Hades. »Ich habe Macht genug, dich in meinem Haus zu behalten. Aber ich liebe dich mehr, als deine Mutter Demeter dich liebt. Ich gebe dich frei. Vielleicht könntest du mich lieben, wäre ich Apollon, Ares oder Okeanos. Doch ich bin der düstere Gott eines düsteren Reiches. Ich kann es nicht ändern. Also geh. Niemals, das schwöre ich, wird eine andere Frau in dem Bett schlafen, in dem du geschlafen hast, auf dem Platz sitzen, auf dem du gesessen hast. Ich glaubte weniger allein zu sein, wenn ich dich bei mir habe. Jetzt bist du hier, und ich fühle mich einsamer als zuvor.«
Hades erschrak, als er sich sprechen hörte, wie er nicht hatte sprechen wollen, ganz ohne List. Aber es war gesagt, und er wollte es nicht ändern, weil Liebe sich nicht zwingen ließ, durch Gewalt nicht und auch nicht durch Schlauheit.
Persephone, noch zwischen Traum und Wachsein, begriff nicht, was geschehen war, hörte nur, ihr sei erlaubt zu gehen, sprang in großem Glück vom Lager auf, küßte Hades, war frei und plötzlich neu gefangen. Denn wie er so vor ihr stand, stark und groß und dunkellockig, und bei aller Macht, die er besaß, hilflos wie ein schwaches Kind, glaubte sie, jetzt von ihm nicht fortlaufen zu dürfen. Er aber wandte sich ab und ging hinaus, Hermes zu wecken. »Spute dich«, sagte er und stieß den Schlafenden an, »ein schneller Tod ist besser als langes Dahinsiechen.«
Der Gott der Schelme verstand nicht, was die Hast sollte, fragte, ob sich alles so gefügt hätte, wie von ihm geraten. Hades jedoch schwieg. Er spannte dunkle Pferde vor einen goldenen Wagen, hieß Persephone einsteigen und schickte sie fort, ohne ihr den Granatapfel zu reichen. Hätte sie davon gegessen, wäre sie dem Herrscher über die Schatten für alle Zeit verbunden gewesen.

Wer Speise nahm vom Gott der Toten, gehörte ihm. So wollte es das über den Göttern stehende Gesetz. Und niemand, auch Demeter nicht, hätte es ändern können.
Der Wagen jagte davon. Persephone wandte sich um, sah Hades allein inmitten der von ihm gepflanzten grauen Asphodelen stehen, und sie wußte nicht mehr, ob ihr Herz freudig schlug oder traurig.
Hermes lenkte das Gefährt nach Eleusis. Kein Berg, keine Schlucht, kein Meer hinderte ihnen den Weg.
Als Demeter ihre Tochter erblickte, schrie sie auf wie eine Bacchantin in den windumwehten Bergen und stürzte auf das Mädchen zu. Ihr Glück schien ohne Ende. Jedoch sie wußte um die Gefahren im finsteren Reich und fragte Persephone, ob sie dort etwas gegessen hätte. Erst als Demeter auch diese Angst genommen war, ließ sie die Erde Früchte tragen und kehrte zurück an die Tafel der Götter.
Persephone aber spielte wieder mit den Töchtern des Okeanos am Fuße des Berges Nysa. Doch etwa Seltsames geschah. Eines Nachts träumte sie, Hades säße an ihrem Lager. Sein Stöhnen ließ sie wach werden. Weil ihr das Herz schwer war, stand sie auf und ging aus der Grotte. Mondlicht breitete sich über den nysäischen Wiesen aus, und dem Mädchen schienen alle Blumen wie blasse Asphodelen. Sie blickte sich suchend um und sah nicht weit vom Felsen entfernt eine dunkle Gestalt hochaufgerichtet dastehen. Sie meinte, Hades winke ihr zu und rannte hin. Aber sie fand nur eine Platane. Persephone setzte sich unter den Baum und lehnte sich an seinen Stamm. Als die Sonne aus dem Meer stieg, kamen die Töchter des Okeanos, und das Mädchen vergaß, was während der Nacht geschehen war. Es lief zum Ufer, wusch sich und spielte mit Fischen und Schwänen. Als es müde war, setzte es sich in den weißen Sand und blickte auf das glatte Wasser, in dem sich der leuchtende Himmel spiegelte. Plötzlich flossen alle Wolken ineinander und Persephone sah in das Gesicht des dunkellockige Gottes. Sie griff

danach, aber das Wasser rann durch ihre Finger. Da empfand sie einen ihr unbekannten Schmerz. Sie erhob sich und ging, ohne daß es ihr bewußt wurde, zu jenem Platz, wo Gaias Blume wuchs. Sie bückte sich, pflückte die Narzisse und wartete. Aber die Erde tat sich nicht auf.
Von diesem Tag an konnte Persephone nicht mehr froh werden. Demeter blieb das nicht verborgen. Sie kam, um zu fragen, wer ihr etwas getan hätte. Aber das Mädchen schüttelte den Kopf.
»Niemand, liebe Mutter«, sagte sie. »Das Licht der Sonne weckt in mir die Sehnsucht nach dem Dunkel, der Lärm des Meeres nach dem Schweigen auf seinem Grund. Schließ ich die Augen, sehe ich Hades inmitten bleicher Asphodelen, und ich wünsche mich bei ihm.«
Da erkannte Demeter, daß ihre eigene Liebe nicht stark genug war, die Tochter wieder froh zu machen, und daß sie das Mädchen würde gehen lassen müssen, wohin es die Sehnsucht zog.

Seit jener Zeit verbringt Persephone die eine Hälfte des Jahres im Reich der Schatten, die andere auf den nysäischen Wiesen. Wenn die Stunde kommt, da Persephone von ihrer Mutter Abschied nimmt, verspürt die Göttin allen Blühens einen so tiefen Schmerz, daß ihre Wangen bleich werden und ihr Blut gefriert. Mit Demeter erstarrt die Erde, und es ist Winter. Kehrt Persephone aus der Finsternis ins Licht zurück, erwacht ihre Mutter aus der tiefen Versunkenheit. Mit ihr erwachen die Blumen und Gräser, der Himmel leuchtet, und die Tage sind warm.

AMPHION UND ZETHOS

Zu einer Zeit, da Griechenland noch nicht Griechenland hieß, lebten auf jener Halbinsel im Süden Europas zwei Brüder. Obwohl aus königlichem Haus, wuchsen sie recht ärmlich auf. Ihre Mutter hatte gegen das Gebot des Vaters einen Mann geliebt, den sie nicht hätte lieben dürfen, und war von dem aufgebrachten Herrscher vom Hofe verjagt worden. In einer Gebirgshöhle brachte sie die Zwillinge zur Welt, hieß die Kinder Amphion und Zethos und überließ beide einem Hirten.

»Höre«, sagte die Frau, »die Knechte meines Vaters werden mir nachstellen. Finden sie heraus, daß ich geboren habe, werden sie die Kleinen töten. Nimm du sie in deine Hütte, gib ihnen Milch von deinen Ziegen und lehre sie Arbeit, Güte und Vernunft. Ich kann dir nichts geben, denn ich habe weiter nichts als Sandalen an meinen Füßen und grobes Tuch über meinem Leib. So mag Zeus dich belohnen, der überm Schnee des Olymp wohnt.«

Der Hirt hatte ein gutes Herz und versprach zu tun, worum ihn die Vertriebene bat. Sie selbst aber lief, kaum daß sie wieder bei Kräften war, tiefer ins Gebirge, damit man die Kinder nicht als die ihren erkenne.

Die Jungen wuchsen auf und lernten, wie man Ziegen auf die Weide treibt, sie vor Wölfen beschützt und wie man aus Milch Käse zubereitet. Bald schon zeigte sich, daß Zethos stark war, Bäume mit ihren Wurzeln auszureißen und gewaltige Felsbrocken zu tragen. Amphion hingegen vermochte nur mit Mühe einen kleinen Flußstein zu heben. Zumeist lag er im Gras, hörte auf den Gesang der Zikaden, das Summen der Bienen und sann den ziehenden Wolken nach.

»Was soll aus dir werden«, jammerte der Hirt. »Deine Hände sind weich wie die Flanken junger Zicklein. Deine Stimme vertreibt nicht die Wölfe, sondern lockt sie an. Es wird mir Angst um dich, Sohn.«

Amphion sprang dann zumeist auf, mühte sich, Bäume mit ihren Wurzeln zu reißen und Steine zu schleppen wie sein Bruder, aber es gelang ihm nicht. Er kam sich zu nichts nutze vor, schämte sich und war traurig.

Zethos jedoch tröstete ihn und sagte: »Ich bin als erster aus dem Schoß unserer Mutter geschlüpft. Die ganze Kraft ihres Leibes hat sie für mich gebraucht. Für dich ist nichts mehr geblieben. Da es nun mal so ist, können wir es nicht ändern. Ich will für dich arbeiten und aufkommen.«

Nun wurde in Boiotien, Thessalien und Arkadien ausgerufen, daß die Leute von Theben eine Stadt errichten wollten, größer und mächtiger als alle anderen Städte ringsum. Von weit her wanderten junge und kräftige Männer dorthin, denn die Thebaner versprachen jedem guten Lohn, dem besten und geschicktesten aber Niobe, die Tochter des Königs.

Zethos war des Hirtendaseins schon lange überdrüssig. Es verlangte ihn, König von Theben zu werden, und er zweifelte nicht, daß er jeden an Kraft und Geschicklichkeit übertreffen würde.

Als Amphion vom Entschluß seines Bruders hörte, sagte er: »Wir waren miteinander im Leib unserer Mutter, haben all die Jahre auf einer Matte geschlafen und von einer Speise gegessen. Ich will mit dir nach Theben gehen, und wenn du König bist, will ich dir dienen.«

Da erschrak Zethos und erwiderte: »Du weißt nicht, was du redest, Bruder. Wird eine Stadt und eine Mauer um sie gebaut, findet sich derbes Volk ein. Der eine stiehlt, der andere trinkt, der nächste prügelt. Ich werde keine Zeit haben, dich zu beschützen. Bleib hier bei den Faltern, den Ziegen und Wolken über den Bergen. Bin ich König, hole ich dich zu mir. Du sollst zu den Festen singen, denn deine Stimme übertrifft die der Nachtigall.«

Amphion hörte jedoch nicht auf zu bitten, und so nahm Zethos ihn schließlich mit sich.

Der Hirt schüttete ihnen zum Abschied Milch nach und empfahl beide dem Schutz der Götter.

Zwei Tage waren sie unterwegs, da fanden sie in einer Höhle eine siebensaitige Leier. Zethos griff nach ihr, aber Amphion kam ihm zuvor.

»Laß sie mir, Bruder«, sagte er, »unter der Kraft deiner Finger möchte sie zerbrechen.«

Und Zethos ließ Amphion die Leier. Wenn er zu sonst nichts taugt, vielleicht, daß er den Bauleuten zum Tanz spielt, dachte er. Ein Sänger gilt allen als heilig wie die Priesterin des Apollon. Niemand wird ihn bestehlen oder ihn prügeln.

Sie wanderten viele Wochen, überquerten Flüsse, bestiegen Berge, durchliefen Täler. War Zethos erschöpft, schlug Amphion die Saiten der Leier. Sein Gesang lockte die Vögel und die Rehe und erfrischte seinen Bruder.

Endlich gelangten sie nach Theben. Tag für Tag schleppte Zethos unter dem Staunen der Menschen riesige Felssteine vor die Stadt und verteilte sie ringsum. Keiner konnte es ihm gleichtun. Amphion saß zumeist unbeachtet von den Bauleuten weitab auf einem Hügel und sang dort für die flirrende Luft, den springenden Bach, die Bäume und Blumen, denn Zethos hatte ihn geheißen, sich nicht dem Spott der anderen auszusetzen.

Einmal aber, es waren genügend Steine herbeigeschleppt und man wollte beginnen, einen auf den anderen zu setzen, wagte sich Amphion hinunter, um seinem Bruder zur Hand zu gehen. Er sah Zethos schwitzen und hörte ihn unter der Last keuchen. Um ihn zu erfreuen, griff er nach der Leier und begann zu spielen. Da geschah Erstaunliches. Wie von tausend und tausend starken Armen gehoben, richteten sich die Steine auf und fügten sich von allein zusammen. Allen, die es mitansahen, schien

das Herz stillzustehen. Amphion aber ließ seinen Gesang währen, bis sich die Mauer um die Stadt geschlossen hatte.
Sieben Saiten hatte die Leier, und sieben Tore erhielt Theben. Amphion erhielt Niobe zur Frau und wurde König von Theben. Er ließ Zethos zur Rechten seines Thrones sitzen, holte die verstoßene Mutter in den Palast und beschenkte den Hirten, der sie Arbeit, Güte und Vernunft gelehrt hatte, reichlich.
Das ist die Geschichte von Amphion und Zethos, von denen einer die Kraft besaß, auf seinen Schultern Felsen zu tragen, der andere, mit dem Spiel der Leier sie aufzurichten. Amphion aber liebte Zethos, und Zethos liebte Amphion.

DER SINGENDE FISCH

Auch in Amerika sind die Fische stumm. Aber in dem großen Meer vor Indien, das man das Stille nennt, lebte ein Fisch, der schöner singen konnte als eine Nachtigall im Mai.
Kaum hatte sich der kleine Fisch aus einem Ei seiner Mutter zu einem schönen Fisch mit schönen Flossen und einem schönen Maul gewandelt, fing er an zu singen.
Zuerst glaubte er, was sich da so wohltönend anhörte, sei gar nicht durch ihn verursacht. Er war noch ein kleiner Fisch, und deswegen meinte er, die vielen bunten Korallen würden so schön singen. Er schwamm ganz nah an die Korallenbänke heran, um ja keinen der feinen Töne zu verpassen. Er machte auch sein Maul zu, denn er dachte, wenn ich das Maul aufhabe, kann es sein, daß einer der Töne sich darin verliert und ich ihn verschlucke. Das wäre jammerschade. Aber kaum hatte er das Maul zugemacht, hörte das Lied auf. Das verwunderte den kleinen Fisch. Weil er jedoch staunte, daß der schöne Gesang mit einem Male weg war, machte er vor Staunen das Maul auf. Und da sang es wieder im Wasser. Noch schöner als zuvor. Was das

bloß ist, dachte der kleine Fisch, mal singt es, mal singt es nicht. Vielleicht sind es doch nicht die bunten Korallen, die so schön singen. Vielleicht ist es der häßliche Krake auf dem rostigen Schiffswrack zwischen den Riffen. Und weil es ziemlich anstrengend war, so tief zu tauchen, machte er das Maul zu und atmete tief durch die Kiemen. Da war das Singen wieder weg. Donnerwasser, dachte der kleine Fisch, wer singt hier bloß, wenn die bunten Korallen nicht singen und auch der häßliche Krake nicht singt. Wie er noch so nachdachte, machte er abermals das Maul auf. Da sang es wieder. Und das machte den kleinen Fisch nun doch stutzig. Er glaubte nicht an untermeerische Kräfte. Er war, obwohl noch klein, von gesundem Fischverstand und war überzeugt, daß alles, was ist, auch seine natürliche Erklärung haben muß.

Wenn die bunten Korallen nicht singen, und wenn der häßliche Krake auf dem rostigen Schiffswrack zwischen den Riffen nicht singt, dann könnte es ja sein, dachte er … Aber an dieser Stelle hörte er mit seinem Denken auf. Er bekam nämlich große Angst, den Satz bis an seinen ordentlichen Punkt zu denken. Dann hätte es heißen müssen: Wenn selbst in Amerika die Fische stumm sind, haben sie es gefälligst auch in Indien zu sein und in Australien, Europa und Afrika.

Ein Fisch, der singt, steht außerhalb aller Ordnung. Wer aber die Ordnung gefährdet, dem ist das Maul zu stopfen. Und wenn das nicht hilft, dann – krrchchch. Na, dann Stilles Meer, Totes Meer.

Dem kleinen Fisch wurden die Schuppen ganz trocken vor Angst. Er preßte sein Maul zusammen und schwamm schnurstracks nach Haus.

»Wo hast du dich die ganze Zeit herumgetrieben?« fragte der große Fisch, der sein Vater war.

Jetzt denkt ihr, hoppla, der bindet uns ein Seepferd auf. Zuerst behauptet er, auch in Amerika sind die Fische stumm, und mit einem Mal läßt er sie in Indien sprechen. Aber sprechen ist nicht gleich sprechen. Fische sprechen mit den Flossen, mit dem Schwanz, mit den Kiemen, sie tanzen, sie kreiseln, sie springen. Wir wollen uns nicht mit Haarspaltereien vom Bedeutsamen ablenken. Das überlassen wir den Ministern und anderen hohen Leuten.

Also: »Wo hast du dich die ganze Zeit herumgetrieben?« fragte der große Fisch, der sein Vater war.

»Ich«, sagte der kleine Fisch, »nirgends.«

Patsch, da hatte er schon eins mit der Schwanzflosse des großen Fisches übers Maul. Und noch einmal, patsch.

Da passierte es von ganz allein, daß er sein Maul, das er ja geschlossen halten wollte, aufmachte. Und da sang es auf einmal bei den Steinen. Und das Wasser leuchtete in der Abendsonne und zog kleine Kreise, als tanzte es.

»Was ist denn das?« rief der große Fisch.

Der Schreck ging ihm durch alle Schuppen, und er sprang in einem hohen Bogen aus dem Wasser und klatschte wieder hinein, daß es spritzte.

»Ich weiß auch nicht, was es ist«, antwortete der kleine Fisch. »Es singt aus mir, kaum daß ich das Maul aufmache.«

»Binde mir keinen Wal auf«, sagte der große Fisch. »Der Grünling muß sich erst noch finden, der mir einen Wal aufbinden kann.«

Der große Fisch gehörte zum gehobenen Beamtentum im Meer vor Indien. Er hatte die besten Aussichten, Botschafter im Atlantischen Ozean zu werden, vor der Küste Spaniens oder Englands. Ein so bedeutender Fisch legt Wert darauf, jedem zu zeigen, daß man ihm nicht einen Wal aufbinden kann.

»Aber es ist so«, erwiderte der kleine Fisch. Er schwamm um den großen Fisch herum, streckte sich vor ihm lang, Kopf gegen Kopf und machte sein Maul auf. Erst ein wenig, dann weiter und noch weiter, und aus dem Maul rollten die Töne wie kleine feine Perlen. Und wenn sie einander berührten, hörte es sich doppelt schön an. Alle Wellen, die sich zuvor aufgetürmt hatten, legten sich flach auf das Meer. Der Wind wurde still, und die Wolken blieben stehen.

Aber das alles machte auf den großen Fisch keinen Eindruck. Ich sagte ja, er war gerade dabei, ein noch größerer Fisch zu werden, als er bereits war. Außerdem war er entsetzlich eifersüchtig, und Eifersucht macht selbst einen klugen Mann zu einem Dummkopf, erst gar nicht davon zu reden, was Eifersucht aus einem eitlen Fischkopf macht.

»Ich werde zur Qualle«, schrie der große Fisch.

Er schlug mit der Schwanzflosse und sprang aus dem Wasser und klatschte wieder hinein und stieß gewaltige Blasen aus dem Maul, und die zerplatzten. Das machte ihn noch wütender. Aber was sollen denn Blasen im Wasser schon anderes tun als zu zerplatzen. Ich weiß es wirklich nicht.

Der kleine Fisch dachte, bloß weg hier. Er schwamm wie ein Fliegender Fisch zu seiner Mutter, legte sich zwischen zwei Steine und dachte, jetzt bin ich tot. Und wenn ich tot bin, wird mein Vater schon sehen, was er davon hat, mir eine mit seiner Schwanzflosse zu haun. So ein Großer haut so einen Kleinen. Wenn ich tot bin, werden meine Schuppen ganz bleich und meine Augen blind und meine Rückenflosse steif. Von überall her werden die kleinen Fische kommen. Die kleinen Haie, die kleinen Wale, die kleinen Delphine und kleinen Seelöwen. Und die kleinen Tintenfische werden so lange weinen, bis das ganze Wasser schwarz ist. Dann wird mein Vater schon sehen, was er davon hat, mir eine mit seiner Schwanzflosse zu haun.

Der kleine Fisch wurde ganz traurig bei solchen traurigen Gedanken. Er fühlte sich sehr einsam in dem weiten stillen Meer vor Indien, legte sich auf den Rücken, streckte alle Flossen von sich und machte das Maul auf, um zu zeigen, wie tot er war.

Da er aber nicht tot war, rollten kleine Bläschen aus seinem kleinen Maul, und sie waren wie Perlen in der Sonne, und sie tanzten auf und ab und zur Seite und wieder zur Mitte, und wenn sie einander berührten, dann war es, als würde das Meer singen. Also wirklich, so etwas habt ihr noch nicht gehört. Auch die Mutter vom kleinen Fisch hatte so etwas noch nicht gehört. Und sie kam und sagte: »Was singt denn hier so schön?«

Aber der kleine Fisch gab keine Antwort. Ich bin tot, dachte er, und wenn ich tot bin, kann ich nicht sagen, wer hier so schön singt. Weil er aber das Maul nicht zumachte, rollten eben die Bläschen weiterhin heraus, und sie tanzten auf und ab und berührten sich und sprangen voneinander fort, und es war, als würde das Meer singen. Die Steine konnten nicht an ihrem Platz bleiben. Sie fingen an zu tanzen. Und auch die Mutter vom kleinen Fisch verspürte große Lust zu tanzen. Ihr wurde, wie man so sagt, das Fischblut ganz warm. Doch da sah sie den kleinen Fisch auf einer alten Schiffsplanke liegen, den Bauch nach oben und die Flossen von sich gestreckt.

»Beim heiligen Delphin«, rief sie, »mein kleiner Fisch hat die Ölpest und wird sterben.«

Das machte den kleinen Fisch ganz schnell lebendig.

Vor einer Ölpest hatte er mehr Angst als vor der Schwanzflosse seines Vaters oder den scharfen Zähnen eines Hais. Vor denen konnte er sich in einem Spalt zwischen den Felsen verstecken. Die Ölpest aber kroch auch in die kleinsten Löcher, und sie klebte alles zu: das Maul, die Kiemen, die Schuppen, die Flossen. Als die Mutter rief: »Beim heiligen Delphin, mein kleiner Fisch hat die Ölpest und wird sterben«, fuhr ihm der Schreck in alle Gräten. Er sprang vom Rücken auf den Bauch, stellte die Schuppen auf und klappte sie wieder herunter, um zu prüfen, ob nicht etwa doch die Ölpest ihn verseucht hätte, und daß er deswegen so schön singen könnte. Eine Muschel hatte ihm nämlich erzählt, ihr sei ein Schwan begegnet, und der hätte so herrlich gesungen, daß die Haie zahm geworden seien wie Goldfische. Aber wenig später sei der Schwan gestorben. Bevor ein Schwan stirbt, singt er noch einmal, hatte die Muschel gesagt. Es macht ihm das Sterben leichter, den anderen aber macht es das Herz schwer, denn sie wissen, wenn der Schwan stirbt, gibt es eine Lücke in der Welt. Eine ganz kleine zwar, aber niemand kann sie zustopfen.

Als die Mutter ihren kleinen Fisch so lebendig herumschwimmen sah, rief sie: »Ach, du lieber Seestern, du hast mir einen ganz schönen Schrecken in die Gräten gejagt. Warte nur, wenn der Vater kommt.«

Auf den brauchte der kleine Fisch nicht zu warten. Er war schon da, schoß auf seine Frau zu, und patsch, hatte sie mit seiner Schwanzflosse eins übers Maul.

»Du bist wohl von der Harpune getroffen«, wollte sie rufen, aber patsch, hatte sie wieder eine.

»Von wem ist der Bastard«, schrie er und sträubte seine Schuppen.

Also nun verstand die Frau gar nichts mehr. Erst jagte ihr der kleine Fisch die Angst in die Gräten, und dann tobte der große wie von der Harpune getroffen.

»Was für ein Bastard?« fragte sie und hielt sich vorsichtshalber eine ihrer Flossen vors Maul. Der alte Fisch war ein jähzorniger Fisch, schlug er erst einmal, hörte er so schnell nicht wieder auf.

»Eben der«, rief der große Fisch. »Wo ist es schon mal vorgekommen, daß ein Fisch singt. Und ausgerechnet in meiner Familie. Selbst in Amerika sind die Fische stumm, da haben sie es gefälligst auch in Indien zu sein, oder willst du, daß ich mich zum Gespött aller Fische machen soll. Wie kann ich Botschafter in den Vereinigten Meeren von Europa werden, wenn bekannt wird, daß in meiner Familie ein Fisch singt. Mit welchem Vogel hast du mich betrogen?«

Wenn er nicht von der Harpune getroffen ist, dann hat ihn der Schwertfisch gestochen, dachte die Frau. Mit welchem Vogel sollte sie ihn denn betrogen haben, mit dem Seeadler womöglich oder der Wildgans. Und sie dachte, daß er Botschafter in den Vereinigten Meeren von Europa werden soll, macht ihn ganz und gar verrückt.

Aber es half nicht, daß sie bei den blühenden Korallen schwor, immer eine treue Fischfrau gewesen zu sein. Es half ebenfalls nicht, daß sie sagte, sie wolle auf der Stelle zu einer wabbligen Qualle werden, wenn ihr auch nur der kleinste Vogel im Kopf piepste. Der große Fisch brauchte eine Erklärung, warum der kleine Fisch sang, obwohl alle Fische stumm waren, sogar die in Amerika. Und da seinem Fischkopf nichts Klügeres einfiel, mußte ihn seine Frau mit einem Vogel betrogen haben, unwichtig, ob mit einem Kranich oder einer Amsel. Fische sind eben auch nicht gescheiter als Menschen.
Der kleine Fisch hielt sich indes hinter einem Seeigel versteckt. Er preßte die Schwanzflosse gegen sein kleines Maul, damit es auch ja stumm blieb. Was bin ich bloß für ein abscheulicher Fisch, dachte er. Mein Vater hat schon recht, daß er mir eins übers Maul haut. Ein Fisch hat stumm zu sein. Was gäbe es nur für einen Lärm im Meer, wenn jeder Fisch singen wollte. Nicht auszuhalten, so ein Lärm wäre das. Und weil er ein kluger Fisch war, fand er den Spruch: Singen ist Silber, stumm sein ist Gold.
Alles Stummsein half dem kleinen Fisch jedoch nicht mehr. Wer einmal singt, singt auch zweimal. Und wer zweimal singt, singt bald dreimal. Das war die Weisheit des großen Fisches, der Botschafter in den Vereinigten Meeren von Europa werden sollte. Für ein so hohes und wichtiges Amt ist es störend, meinte er, einen Fisch in seiner Nähe zu haben, der singt.
Also mußte dieser weg. Am besten nach Afrika zum südlichen Kap. Der Sturm schreit dort so laut, daß selbst die Sirenen von hundert Schiffen nicht zu hören sind. Der große Fisch rieb sich die Flossen, daß ihm ein so kluger Gedanke gekommen war. Auch wenn die Mutter vom kleinen Fisch sich die Schuppen schabte und zum heiligen Delphin betete, er möge den dicken Fischkopf zur Vernunft bringen, zu ändern vermochte sie nichts mehr. So machte sie vor Schmerz nur ein krummes Maul, rief nach dem kleinen Fisch, und als der hinter dem Seeigel hervorgeschwommen kam, nahm sie ihn in ihre Flossen, und ihre Kie-

men zitterten. Und weil der kleine Fisch den Kummer seiner Mutter nicht ertragen konnte, sagte er: »Ich habe alles mit angehört. Es geschieht mir schon recht. Du musst dir keine Sorgen machen, wenn ich in Afrika bin. An der Südspitze schreit das Meer, so kann niemand hören, wenn ich singe, und ich mache euch keine Schande. Der große Fisch wird Botschafter, und dir wird es gut gehen in Europa. Dort gibt es reichlich zu fressen. Ich komme auch in Afrika zurecht. Ich bin noch immer zurecht gekommen.«

»Ach, du kleines Fischchen, ach, du gutes Fischchen«, sagte die Frau. »Warum muß uns nur ein so großes Unglück treffen.«

»Ich bin eben ein Verdammter«, erwiderte der kleine Fisch, »und Verdammte gehören verdammt. So ist es nun mal in der Welt. Und wie die Welt ist, so ist sie. Ein großer Fisch wird sie nicht ändern. Erst gar nicht so ein kleiner wie ich.«

Diese Worte gingen der Frau sehr zu Herzen. Sie drückten ihr sogar die Schwimmblase ab. Das ist schlimm genug für einen Fisch. Denn wird ihm die Schwimmblase abgedrückt, fängt er im Wasser an zu taumeln und weiß nicht mehr, wo ist oben, wo unten. Nun mußte der kleine Fisch die Mutter in seine Flossen nehmen. Ihre Augen wurden gläsern und ihr Maul war ganz blau wie bei einem Karpfen, der zu Weihnachten gekocht wird. Man hätte meinen können, die Fischin wird von Indien nach Afrika gesteckt, so elend sah sie aus. Damit sie ihm nicht in seinen Flossen stirbt, preßte der kleine Fisch sein Maul auf ihres und machte Maul-zu-Maul-Beatmung. Weil er dabei das Maul aufmachte, sang es natürlich wieder aus ihm. Es war ein ungewöhnlich rockiger Gesang. Das hing mit der Beatmung zusammen. Das Wasser zuckte in kurzen Stößen, aber die Fischin wurde dadurch wieder halbwegs munter. Und der kleine Fisch dachte, wenn ich in Afrika bin, kann es passieren, daß sie wieder einen Blasenanfall bekommt. Niemand ist dann da, der ihr hilft. Der große Fisch ist bis über die Rückenflossen zugedeckt mit Arbeit und Reden halten. Sie aber stirbt derweil, und es

gibt eine Lücke in der Welt, und niemand kann sie stopfen. So wollte er ihr etwas zurücklassen, was ihrem Maul und ihren Augen und ihrer Blase gut tat. Und weil ihm nichts Besseres einfiel, flocht er aus Algen einen Beutel, stülpte ihn sich übers Maul und füllte ihn bis obenhin mit den schönsten Tönen. Als kein einziger mehr hineinging, band er den Beutel mit Seegras zu und sagte zu seiner Mutter: »Wenn ich in Afrika bin und dich schmerzt hier in Indien die Blase, dann öffne ein wenig den Beutel und laß einige Töne heraus. Das wird dir helfen.«

»Ach, du kleines Fischchen, ach du gutes Fischchen«, sagte die Mutter. »Warum muß uns nur ein so großes Unglück treffen.« Sie konnte immer nur diese zwei Sätze wiederholen, alle anderen Wörter waren ihr gestorben.

Noch in derselben Nacht machten sich der große Fisch, seine Frau und der kleine Fisch auf den Weg von Indien nach Afrika. Der kleine Fisch war sehr müde. Als sie das wilde Meer vor der Südspitze Afrikas erreichten, schlief er auf der Stelle ein. Und als er erwachte, war er ganz allein. Die beiden Alten waren zurück nach Indien geschwommen. Weil der kleine Fisch so allein war und das Wasser um ihn herum fremd, lehnte er sich an den Fuß einer Sandbank und weinte.

Wenn aber ein kleiner Fisch allein ist und das Wasser ringsherum für ihn fremd, er sich an den Fuß einer Sandbank lehnt und weint, weil er nicht weiß, was nun mit ihm werden soll, geschehen die merkwürdigsten Dinge. Die Wolken am Himmel lösen sich auf, der Mond wächst, bis er voll ist, und die Sterne spiegeln sich im Meer. Dem Löwen bleibt das Gebrüll im Hals stecken, das Krokodil klappt sein Maul zu. Der Affe hängt kopfüber in einem Baum, und der Ameisenbär frißt keine Ameisen. Ich weiß nicht, ob es in Amerika oder Europa auch so ist.

In Afrika ist es jedenfalls so.

Wie der kleine Fisch aus Indien noch so verloren vor sich hinweinte, rief plötzlich eine Stimme: »Was hast du, kleiner Fisch?«

Dem fuhr der Schreck derartig in die Kiemen, daß er sofort aufhörte zu weinen. Vor Angst schlotterten ihm die Schuppen.
»Ich«, stotterte er, »ich, was soll ich denn haben, gar nichts habe ich. Schwimm ruhig weiter.«
Er dachte, es ist besser, allein in Afrika zu sein, als mit jemandem zusammen, der freundlich tut und einen auffrißt, wenn er Hunger hat. Außerdem war es eine sehr merkwürdige Stimme. Sie sagte nämlich nicht:
»Was hast du, kleiner Fisch?« sondern: »Was hascht du, kleiner Fisch?« Das hörte sich an wie: »Jetzt schlacht'sch«. Da müssen einem ja die Schuppen klappern.
»Du bischt aber nicht okay«, sagte die Stimme.
»Freilich bin ich okay«, erwiderte der kleine Fisch, »ich kann gar nicht okayer sein.«
Und um zu zeigen, wie okay er war, sprang er nach links und nach rechts und hoch und wieder tief. Und er ruderte mit dem Schwanz und schlug mit den Flossen, nur um zu zeigen, wie okay er war. Ein richtiger Rock'n Roll war es, den er tanzte. Er vergaß dabei, daß er ja soeben noch in großer Verlassenheit bitterlich geweint hatte. Vor lauter Übermut machte er sein Maul auf. Und da passierte es. Na, ihr wißt schon, was: Es sang. Und zwar so, wie es noch nie aus dem kleinen Fisch gesungen hatte. Vom Himmel regneten Sternschnuppen, der Wind blieb stehen, und der Meeresschaum leuchtete wie der Schnee auf dem Kilimandscharo in der Abendsonne. Sogar die Perlen in den Muscheln wuchsen schneller.
»Was ischt denn das?« sagte die Stimme.
»Das ischt nichts«, sagte der kleine Fisch.
Seine Schuppen schlotterten wieder, und vor lauter Angst sprach er wie die unbekannte Stimme.
»Aber warum bleibt dann der Wind schtehen? Hier ischt noch niemals der Wind schtehengeblieben.«
»Aber er steht ja gar nicht«, sagte der kleine Fisch, »hör nur, wie er saust.«

Und tatsächlich sauste der Wind wieder, und vom Himmel regneten keine Sternschnuppen mehr, und die Wellen schlugen hoch und zerbrachen an den Felsen.
»Merkwürdig«, sagte die Stimme, »isch habsch doch mit eigenen Augen geschehen und mit eigenen Ohren gehört. Schehr merkwürdig. Du hascht dein Maul aufgemacht, und da paschierte es, und jetzt hascht du dein Maul zu, und da paschiert es nicht. Wo bischt du her? Womöglich vom Perlfluß aus China. Wenn du dein Maul aufmachst, rollen daraus lauter kleine Perlen.«
»Da hast du aber miserable Augen«, erwiderte der kleine Fisch, »und deine Ohren möchte ich auch nicht haben.«
Wie er noch so redete, schüttelte sich mit einem Mal die Sandbank, reckte sich und wuchs und warf allen Sand von sich.
Dem kleinen Fisch erstarrte das Fischblut.
Finito, dachte er, vorbei, good by. Amen.
Ich sagte ja, er stammte aus der Familie eines hohen Beamten. In solchen Kreisen spricht man für gewöhnlich mehrere Sprachen, zumal wenn der Vater im außenpolitischen Dienst steht. Das kümmerte die Sandbank im Meer von Afrika aber wenig. Außerdem war sie keine Sandbank, sondern eine alte Seeschlange, die in ihrem Leben nichts anderes kennengelernt hatte wie Armut. Ihre Haut war stumpf und schrumplig, und der Giftzahn war ihr ausgefallen. Deswegen sprach sie auch so komisch. Als der kleine Fisch erkannte, in was für ein riesiges Tier sich die Sandbank verwandelte, dachte er, heilige Seekuh von Kalkutta, und er wünschte sich in das Ei seiner Mutter zurück. Aber weil das nicht möglich war, wollte er schnell aus Afrika verschwinden, am besten zum Golfstrom, der war angenehm warm. Er schlug mit dem Schwanz und ruderte mit den Flossen, bloß um von Afrika wegzukommen. Er wußte ja nicht, daß Afrika groß ist und der Golfstrom weit. Und außerdem ist es dumm, als kleiner Fisch ein Wettschwimmen mit einer Seeschlange zu beginnen. Schwupp, hatte sie ihn in ihrem zahnlosen Maul.

»Friß mich nicht«, flehte der kleine Fisch. »Aus Indien hat mich der Vater fortgejagt, bloß weil es aus meinem Maul singt und er doch Botschafter in den Vereinigten Meeren von Europa werden soll. Da ist es ärgerlich für ihn, jemanden in der Familie zu haben, der dazwischensingt, wenn er redet.«
»Ausch Indien bischt du alscho und nicht vom Perlflusch«, sagte die Seeschlange.
Sie sprach jetzt noch komischer, weil ihr ja nicht nur der Giftzahn fehlte, sondern auch noch der kleine Fisch in ihrem Maul steckte. »Isch hätte glatt gewettet, du bischt vom Perlflusch.«
Es hörte sich wirklich lustig an, wie sie sprach. Der kleine Fisch mußte lachen, obwohl ihm gar nicht zum Lachen war. Das nun hatte die alte Seeschlange gar nicht gern. Ihre Haut war schrumplig, der Giftzahn war ihr ausgefallen, und zudecken mußte sie sich mit Sand, aber das war noch lange kein Grund, über sie zu lachen. Mit Fischen aus Indien und Amerika und Europa hatte sie sowieso nicht viel im Sinn, die glaubten nämlich, etwas Besseres zu sein als die Fische aus Afrika. Ihr Maul klappte zu, so gekränkt fühlte sie sich.
Jetzt könnte mancher denken, das wäre der traurige Schluß der Geschichte. Häßliche Seeschlange aus Afrika frißt unverschämten Fisch aus Indien. Der Mond scheint aufs Meer. Die Möwen kreischen. Ein weißes Schiff zieht am Horizont. Ende. Denkbar wär's. Aber wider jedes vernünftige Denken fühlte sich der kleine Fisch im finsteren Maul der alten Seeschlange wie im Ei seiner Mutter. All seine Angst war wie vom Wind verweht. Er legte sich in eine Falte des großen Mauls und schlief ein. Und weil das lange Gerede und zuletzt der Ärger die alte Seeschlange erschöpft hatte, schlief auch sie ein.
Während des Schlafes nuckelte der kleine Fisch an seiner Brustflosse und träumte, die Fischin legte schützend die Flossen um ihn, drückte ihn an ihren Bauch und sagte immerfort: »Ach, du kleines Fischchen, ach du gutes Fischchen.« Indien war ganz nah. Große Schiffe liefen in den Hafen von Kalkutta, und

andere fuhren hinaus. Und das Meer roch, wie es nur in Indien riecht. Wer so Schönes träumt, dem geht das Maul von ganz allein auf. So auch beim kleinen Fisch, und was daraufhin passierte, wissen wir ja.

Während die beiden schliefen, schwamm ein Vieraugenfisch vorbei. Eigentlich war er nur aus Versehen vom süßen Flußwasser ins Meer geraten und wollte schnell wieder dahin zurück. Doch plötzlich glaubte er seinen vier Augen nicht zu trauen. Da lag eine alte Seeschlange ausgestreckt, schlief, hatte das Maul fest geschlossen und sang. Das kann nicht sein, dachte der Vieraugenfisch. Ich habe zwar nur zwei Ohren, aber wenn mich meine vier Augen nicht täuschen, bläst die Alte ihre Maultaschen auf und zieht sie wieder ein. Der Vieraugenfisch vergaß, daß ihm eigentlich das Meerwasser zu salzig war, schwamm näher und näher, näher ging's nicht. Und tatsächlich, die alte schrumplige Seeschlange, die schon zum Sterben freigegeben war, sang, während sie schlief. Vielleicht ist es der Tod, dachte der Vieraugenfisch. Er kriecht durch ihren langen Leib und macht ihr das Sterben freundlich. Es war ein zu Herzen gehender Gesang. Der Vieraugenfisch konnte da unmöglich in sein süßes Flußwasser zurückschwimmen. Dann kam ein Wal vorbei. Dem erging es nicht anders. Er wollte vor Staunen einen Wasserstrahl aus der Nase blasen, aber die zahnlose Seeschlange sang so schön, daß dem Wal die Luft in der Nase stecken blieb. Er stand regungslos im Wasser. Ein Messerfisch kam und ein Seepferdchen. Ein Strahlenfeuerfisch und ein Roter Knurrhahn. Ein Harlekinfisch und ein weißer Hai. Ein wahrhaftiges Ereignis. Keiner verspürte das Verlangen, den anderen zu fressen.

Es konnte nicht ausbleiben, daß die Seeschlange nach einiger Zeit wach wurde. Sie streckte und dehnte sich, blinzelte und gähnte, und exakt da wurde der Gesang lauter, und alle Fische ringsum schlugen kräftig mit dem Schwanz, was soviel hieß wie: Ahhh! Davon erwachte die alte Seeschlange nun endgültig.

Sie sah die vielen Fische, den weißen Hai und den Harlekinfisch, das Seepferdchen und den Strahlenfeuerfisch, und sie dachte, vielleicht bin ich tot. Der Wal ist gekommen und der rote Knurrhahn, das Vierauge aus dem süßen Flußwasser und der Messerfisch. Sie wollen mir eine schöne Beerdigung machen. So viele Fische hatten sie das ganze Leben über nicht in ihrem armseligen Sandloch besucht. Wie sie noch darüber nachdachte, daß auch das Sterben seine angenehme Seite hat, bemerkte sie, daß irgendetwas mit ihr anders war. Sie brauchte eine Weile, um festzustellen, daß da jemand in ihrem Maul sang. Und eine weitere Weile brauchte sie, um sich an den kleinen Fisch zu erinnern. Sie hatte ihn glatt vergessen. Was nun, dachte sie, ich kann ihn doch nicht in aller Öffentlichkeit ausspucken. Wie soll ich dem weißen Hai erklären, wie ein singender Fisch aus Indien in mein altes afrikanisches Maul kommt. Der muß doch meinen, ich halte ihn für einen Ochsenfrosch und frißt mich, bevor ich ihm noch den kleinen Fisch zum Beweis zeigen kann. Das Beste wird sein, ich schlucke ihn einfach hinunter. Dann ist der ganze Spuk vorbei, alle schwimmen ihrer Wege, und ich habe meine Ruhe. Aber ihr fiel ein, daß es ja dann sein könnte, der kleine Fisch sänge zwar nicht mehr in ihrem Maul, wohl aber in ihrem Bauch. Die Vorstellung allein schon jagte ihr einen derartigen Schauer unter die Schlangenhaut, daß sie mehrmals zuckte und dabei den Ahnungslosen in der Tat verschlungen hätte, aber sie würgte ihn noch rechtzeitig aus ihrem dicken Hals zurück in die Maulfalte. Dabei machte sie nicht gerade eine gute Figur. Vor so vielen Fischen hatte sie noch nie derart scheußlich gerülpst. Aus lauter Verlegenheit richtete sie sich ein Stückchen auf, höher und höher, dann noch ein Stückchen, streckte ihren Kopf nach vorn, schob sich nach rechts und nach links, wiegte ihren Schlangenkörper, zog ihn zu einem Knäuel zusammen, ließ ihn hochschnellen, stellte sich auf die Schwanzspitze und drehte wilde Pirouetten. Den umstehenden Fischen wurde ganz schwindlig vom Zugucken. Ein ums andere Mal schlugen sie mit dem Schwanz ihr »Ahhh«. Das wiederum veranlaßte die alte Seeschlange zu zeigen, wie sehr ihr der Applaus gefiel. Sie zischte und ließ ihre Zunge weit aus dem Maul schnellen, immer und immer wieder.

Bei so viel Turbulenz wird selbst ein kleiner Fisch wach. Und wenn er merkt, daß er gar nicht im Ei seiner Mutter steckt, sondern im Maul einer alten Seeschlange, möchte er so schnell wie möglich da wieder hinaus. Also paßte er die günstigste Gelegenheit ab, ließ sich aus der Hautfalte, in der er steckte, auf die Zunge der Seeschlange fallen, und schwupp, war er draußen, ebenso schnell, wie er hineingekommen war. Da saß er nun wie festgeklebt auf einer schwarzen Muschel. Dem Seeigel sträubten sich die Stacheln, der weiße Hai fletschte die Zähne, der Wal blies eine Wasserfontäne aus der Nase, und der Vieraugenfisch rollte die Augen. So etwas hatte noch niemand von ihnen im Meer von Südafrika gesehen.

»Was ist denn das?« rief der weiße Hai.

Und der Wal sagte: »Das ist doch, ja, das ist doch ...« Er konnte nicht sagen, was das ist, denn ihm fehlten die Worte.

Der Seeigel sagte gar nichts. Er rollte sich zusammen. Für alle Fälle, dachte er. Man kann nie wissen, was noch alles passiert.

Die alte Seeschlange aber fiel in sich zusammen wie ein mürbe gewordenes Seil. Wenn der weiße Hai rief: »Was ist denn das?« und dabei sein Maul aufriß, bedeutete das nichts Gutes. Haie haben es nun mal nicht gern, wenn man ihnen einen Frosch für einen Seelachs vormacht, schon gar nicht, wenn sich eine afrikanische Seeschlange mit einem kleinen Fisch aus Indien schmückt. Da kümmert es ihn wenig, ob sie es nun aus Verlegenheit gemacht hat oder aus Eitelkeit. Für ihn gilt: Schlange bleib bei deinem Giftzahn. Es hätte wirklich nicht viel gefehlt und der jedem Fisch in den Weltmeeren wohl bekannte Spruch hätte sich erfüllt: Gestern noch auf stolzen Flossen, heute durch das Maul geschossen, morgen auf den kalten Spieß.

Der kleine Fisch saß auf der schwarzen Muschel und hatte nicht weniger Angst als die große Seeschlange. Am liebsten wäre er ins Haus der Muschel gekrochen, aber die ließ ihn nicht hinein. Irgendetwas mußte geschehen. Das Seepferdchen sah auf den Messerfisch, der Messerfisch auf den Strahlenfeuerfisch und der auf den Roten Knurrhahn. Der Rote Knurrhahn blickte zum Seeigel, der zum Wal, der Wal zum weißen Hai und der zum Vieraugenfisch, weil der ja mit zwei seiner Augen auch übers Wasser gucken konnte. Denn wenn im Meer nichts geschah, mußte auf dem Wasser etwas geschehen und wenn nicht auf dem Wasser, dann auf dem Land oder in der Luft. Jemand mußte was tun, ein Seeadler oder ein Löwe, ein Afrikaner oder ein Elefant. Es war ja gleich wer, bloß so still durfte es nicht bleiben. Ganz Afrika kam bei einer solchen Stille durcheinander. Wenn aber Afrika durcheinander kam, dann kam auch Amerika durcheinander und nach Amerika Australien und nach Australien Europa. So eine Stille hält niemand lange aus, nicht einmal der Stille Ozean vor Indien.
»Mach wasch«, zischelte die alte Seeschlange dem kleinen Fisch zu.
»Wasch?« zischelte der kleine Fisch.
»Sching.«
»Wasch scholl ich schingen?«
»Irgendwasch.«
Nun weiß aber jeder, es ist leichter gesprochen als gesungen, zumal in einem fremden Meer vor lauter fremden Fischen.
Der kleine Fisch trat von einer Flosse auf die andere. Fast wäre er dabei von der schwarzen Muschel gefallen.
»Sching endlich«, zischte die alte Seeschlange.
Da verbeugte sich der kleine Fisch. Weil sich jedoch nichts tat, verbeugte er sich gleich noch mal, hob den Kopf, streckte den kurzen Hals und machte das Maul auf. Was jetzt zu hören war, hat man noch in keinem Opernhaus der Welt zu hören bekommen, nicht in Mailand, nicht in New York, nicht in Berlin und

nicht in Petersburg. Die Sonne, die gerade ins Wasser getaucht war, stieg wieder aus dem Meer und leuchtete neben dem Mond. Der Polarstern stellte sich neben das Kreuz des Südens. Die Fangnetze öffneten sich und gaben alle Fische, die darin zappelten, frei. Der alten Seeschlange wuchs ein neuer Zahn ohne jedes Gift. Dem Strahlenfeuerfisch, der einen Strahl verloren hatte, wuchs ein neuer. Der Vieraugenfisch, dem im Laufe der Jahre die Augen trüb geworden waren, konnte weit übers Meer sehen. Wenn da nicht die steile Küste gewesen wäre, hätte er sogar den Äquator sehen können.

So etwas Ungewöhnliches spricht sich schnell herum. Die Fliegenden Fische, die auch Boten des Meeres genannt werden, flogen in alle Ozeane und erzählten jedem, den sie trafen, daß im Wasser vor Südafrika ein kleiner Fisch lebt, der schöner singen könne als eine Nachtigall im Mai. Wer ihm zuhört, wird gesund. Da verwunderte es nicht, daß jeder den kleinen Fisch singen hören wollte. Dem einen waren die Kiemen entzündet, dem anderen das Maul zerrissen, einem dritten die Schwanzflosse verletzt. So konnte es nicht ausbleiben, daß der große Fisch aus Indien und seine Frau auf ihrem Weg nach Hause den vielen Schwärmen begegneten. Und wenn sie fragten: »Wohin schwimmt ihr denn so hastig?« bekamen sie zur Antwort: »Im Meer vor Südafrika soll es einen kleinen Fisch geben, der singt schöner als eine Nachtigall im Mai. Wer ihm zuhört, dem werden die Flossen leicht, kein Netz kann ihn fangen, kein Wurm an der Angel ihn täuschen. Wer krank ist und ihm zuhört, wird gesund. Er soll aus Indien kommen, dort müssen außergewöhnliche Fische leben. Kommt mit uns, wenn ihr wollt. Wer weiß, wie lange er noch in Afrika bleibt. Den holt man bestimmt bald als Botschafter in die Vereinigten Weltmeere an die Küste von New York. Und wenn er größer ist, wird er dort Präsident.«

Als die Fischin das hörte, rief sie: »Ach, du kleines Fischchen, ach, du gutes Fischchen. Wie konnte ich bloß dem großen Fisch gehorchen und dich im tosenden Meer allein lassen.« Ihr

Schmerz wurde so groß, daß es ihr die Blase abdrückte. Sie taumelte im Wasser und wußte nicht mehr, wo ist oben, wo unten. Ihre Augen wurden gläsern, und ihr Maul war ganz blau wie bei einem Karpfen, der zu Weihnachten gekocht wird. Jetzt hätte der kleine Fisch bei ihr sein müssen, um eine Maul-zu-Maul-Beatmung zu machen. Aber er stand ja auf der schwarzen Muschel im Meer vor Südafrika und sang, daß die Sonne sich neben den Mond stellte, der Polarstern neben das Kreuz des Südens. Der alten Seeschlange wuchs ein gesunder Zahn ohne Gift, dem Strahlenfeuerfisch ein neuer Strahl, und der Vieraugenfisch konnte mit klaren Augen weit übers Wasser sehen.

Die Fischin trudelte kraftlos tiefer und tiefer, und sie wäre wohl elendiglich gestorben, wäre da nicht der Beutel um ihren Hals gewesen, vollgestopft mit feinen Tonperlen. Der nämlich verfing sich an den scharfen Kanten eines Seesterns, öffnete sich und heraus rollten Töne wie Silber und wie die Farben des Regenbogens. Es hörte sich an wie ein leises Echo aus dem Meer vor Südafrika, obwohl die Fischin doch exakt auf dem Äquator lag und in ihrem Jammer die glasigen Augen verdrehte, während der große Fisch um sie herum jagte, daß ihm das Maul noch krummer wurde, als es eh schon war.

»Nun komm endlich zu dir«, rief er und stemmte seine Flossen gegen den Rücken der Fischin, um sie wieder aufzurichten. »Du kannst doch nicht hier auf dem Äquator schlapp machen. Wir müssen nach Indien und von dort weiter in die Vereinigten Meere von Europa. Was machst du mir bloß für Scherereien. Dem kleinen Fisch geht es in Afrika nicht schlecht. Du hast es doch gehört. Ich hoffe, er wird es uns einmal danken.«

Zum Glück hörte die Fischin die Worte des Mannes nicht. Sie hätten ihr ganz und gar den Garaus gemacht. Die Tonperlen aus dem Beutel umtanzten sie und hielten alles Geschrei von ihr fern. Ihr war, als spürte sie das Maul des kleinen Fisches auf dem ihren, seine kleinen Flossen strichen über ihren schuppi-

gen Rücken und im Wasser sang etwas schöner als eine Nachtigall im Mai. Ihre Augen wurden klar, die Kiemen bewegten sich wieder, ihr Bauch stand nach unten, der Rücken nach oben. Die Tonperlen umkreisten sie. Dann aber, als zöge jemand die Töne an einer Schnur, formten sie sich zu einem Keil wie eine Schar Vögel, die vom Norden zum Süden fliegen, einer schützend vor dem anderen. Die Fischin wußte nicht, wie ihr geschah. Ohne den großen Fisch zu fragen, ob sie es dürfe oder nicht, schwamm sie inmitten der Tonperlen zum großen Wasser vor der Küste Südafrikas. Ihre Flossen wurden nicht müde, ihre Kiemen nicht schwer, kein Schmerz drückte ihr das Herz und die Schwimmblase ab. Der große Fisch mochte noch so sehr mit dem Maul nach ihr schnappen, den Rücken krumm machen, mit seinem Schwanz das Meer peitschen. Es kümmerte sie nicht. Weil er jedoch nicht allein nach Indien zurückkehren wollte, schwamm er schnaufend der Frau hinterher.
Ich weiß nicht, wie lange es dauerte, bis beide das Meer vor Südafrika erreichten. Jedenfalls waren sie schneller als die Fliegenden Fische. Im Sog der Tonperlen verspürten sie keine Müdigkeit. Sie wurden gleichsam bis vor die alte Seeschlange getragen, die hochgereckt dastand, stolz ihren neuen Zahn zeigte und die gespaltene Zunge weit aus dem Maul streckte. Darauf stand der kleine Fisch, damit ihn alle gut sehen und hören konnten. Er sang, daß die Sonne vergaß, ins Meer zu tauchen, und der Nordstern nicht mehr nach dem Norden zurück wollte. Als der kleine Fisch die Fischin sah, fiel ihm vor Freude das Maul zu. Fast wäre er durch den Zungenspalt gefallen. Nun hätte eigentlich ringsum alles still sein müssen. Aber da waren die Tonperlen. Sie umtanzen einander, berührten sich und sprangen wieder fort. Der kleine Fisch aber sprang von der gespaltenen Zunge der alten Seeschlange direkt in die ausgebreiteten Flossen der Fischin.
»Ach, du kleines Fischchen, ach, du gutes Fischchen», sagte sie immerzu.

Der große Fisch aber drängte sich durch die Reihen, und wenn er gegen einen der vielen Fische im Meer vor Südafrika stieß, verbeugte er sich und sagte: »Verzeihung, sorry, ich möchte nur zu meinem Sohn, das ist der kleine Fisch da vorn. Selbst in Amerika sind die Fische stumm, er aber singt. Das hat er von mir.«
Jeder, der das hörte, verbeugte sich vor dem großen Fisch und schwamm einen Schwanzschlag zur Seite.

Wenn jemandem der Kopf schwer ist oder das Herz, oder wenn ihn die Blase zwickt, der mag zum großen Meer vor Südafrika segeln. Hat er das Tor der Tränen durchfahren und ist am Kap der Guten Hoffnung angelangt, soll er sich dort auf einen Felsvorsprung setzen oder seinen Kopf in den weichen Sand legen. Wartet er lange genug und verliert dabei nicht die Geduld, wird er vom Meer her einen feinen Gesang hören, der stärker ist als das Tosen der Wellen. Der Kopf wird ihm leicht werden, das aufgebrachte Herz still. Die Blase wird ihn nicht mehr zwicken. Alles, alles wird wieder gut.

JANA UND DER KLEINE STERN

Es war einmal ein kleines Mädchen, das hieß Jana. Und es war einmal ein kleiner Stern, der hatte keinen Namen. Jeden Abend, wenn das Mädchen schlafen ging, blickte er durch ihr Fenster. Und sie sagte: »Gute Nacht, kleiner Stern.« Und er zwinkerte ihr mit den Augen zu.
Einmal aber, als alles schlief, wurde Jana wach, und der kleine Stern saß auf ihrem Bett. »Was machst du hier, kleiner Stern?« fragte sie.
»Oh«, sagte er. »ich habe mich zu weit aus meinem Fenster gelehnt, um dich sehen zu können, und da bin ich hinuntergefallen, geradewegs in dein Zimmer.«
»Das ist fein«, sagte das Mädchen, »jetzt bleibst du immer bei mir.«
Und sie wollte ihn nehmen und unter ihre Bettdecke legen, denn er zitterte gar schrecklich.
»Nein, nein«, rief da der kleine Stern, »heute nacht noch muß ich wieder hinauf, denn wenn der Tag kommt und ich bin noch hier, werde ich blind.«
Es half nicht, daß das kleine Mädchen traurig wurde. Der kleine Stern setzte sich aufs Fensterbrett und sprang ein Stückchen in die Höh, denn er wollte zurück an den dunklen Himmel fallen. Aber sosehr er auch all seine Kräfte anstrengte, er fiel immer wieder auf das Fensterbrett zurück. Schließlich war er so schwach und müde, daß er da kauern blieb und zu weinen begann.
»Weine nicht, kleiner Stern«, rief da Jana und sprang aus ihrem Bett.

Sie nahm den kleinen Stern in beide Hände. »Ich werde dich jetzt hochwerfen«, sagte sie. »Paß auf.«
Und sie warf ihn hoch, so hoch sie nur konnte.
»Jetzt fliegst du«, rief sie. »Fall nicht wieder herunter, kleiner Stern.«
Aber schon saß er wieder auf dem Fensterbrett.
»Noch einmal«, sagte Jana.
»Ja, noch einmal«, sagte der kleine Stern.
Und das kleine Mädchen versuchte es ein zweites Mal, und wieder und wieder, bis auch sie sich erschöpft auf ihr Bett setzte. So sehr weinte der kleine Stern, daß die Tränen ihn ganz blaß machten.
»Laß uns nachdenken«, sagte Jana. Und sie dachte nach. »Ich hab's«, rief sie. »Wir laufen zur Meise.« Sie nahm den kleinen Stern unter ihren Arm und lief mit ihm zur Meise im Garten.
»Meise«, rief sie.
»Warum weckst du mich, Jana?« sagte die Meise.
»Hier ist der kleine Stern«, sagte Jana. »Er hat sich zu weit aus seinem Fenster gebeugt, um mich zu sehen, und da ist er zu mir heruntergefallen, geradewegs in mein Zimmer. Und nun muß er wieder hinauf, denn er wird blind, wenn der Tag kommt und er ist noch hier. Flieg mit ihm hinauf.«
»Das kann ich nicht«, sagte die Meise. »Ich bin zu schwach. Geh zur Lerche auf dem Feld.«
Und Jana nahm den kleinen Stern unter ihren Arm und lief mit ihm zur Lerche auf dem Feld.
»Lerche«, rief sie.
»Warum weckst du mich, Jana?« sagte die Lerche.
»Hier ist der kleine Stern«, sagte Jana. »Er hat sich zu weit aus seinem Fenster gebeugt, um mich zu sehen, und da ist er zu mir heruntergefallen, geradewegs in mein Zimmer. Und nun muß er wieder hinauf, denn er wird blind, wenn der Tag kommt und er ist noch hier. Flieg mit ihm hinauf.«

»Das kann ich nicht«, sagte die Lerche. »Ich bin zu schwach. Geh zum Adler auf dem Fels.«
Und Jana nahm den kleinen Stern unter ihren Arm und lief mit ihm zum Adler auf dem Fels.
»Adler«, rief sie.
»Warum weckst du mich, Jana?« sagte der Adler.
»Hier ist der kleine Stern«, sagte Jana. »Er hat sich zu weit aus seinem Fenster gebeugt, um mich zu sehen, und da ist er zu mir heruntergefallen, geradewegs in mein Zimmer. Und nun muß er wieder hinauf, denn er wird blind, wenn der Tag kommt und er ist noch hier. Flieg mit ihm hinauf.«
»Das kann ich nicht«, sagte der Adler. »Ich bin zu schwach. Geh zum Flieger vor der Stadt.«
»Ich bin müde«, sagte Jana zum kleinen Stern, »und die Füße tun mir weh. Laß uns ein wenig ausruhen.«
»Nein«, bat der kleine Stern. »laß uns eilen, der Tag wird gleich aus dem Wasser steigen; und wenn er kommt, werde ich blind.« – Und Jana nahm den kleinen Stern wieder unter ihren Arm.
»Setzt euch auf meinen Rücken«, sagte der Adler. »Ich werde euch zum Flieger vor der Stadt bringen.«
Jana und der kleine Stern taten, wie ihnen geheißen, und hielten sich an den Federn des Adlers fest, um während des Fluges nicht hinunterzufallen.
»Hier ist es«, sagte der Adler und ließ sich auf die Erde nieder.
»Flieger«, rief Jana.
»Warum weckst du mich, Jana?« sagte der Flieger.
»Hier ist der kleine Stern«, sagte Jana. »Er hat sich zu weit aus seinem Fenster gebeugt, um mich zu sehen, und da ist er zu mir heruntergefallen, geradewegs in mein Zimmer. Und nun muß er wieder hinauf, denn er wird blind, wenn der Tag kommt und er ist noch hier. Flieg mit ihm hinauf.«
»Das kann ich nicht«, sagte der Flieger. »Aber mein Bruder, der Astronaut, der hinter der Stadt wohnt und hinterm Feld und

hinterm Wald, er kann den kleinen Stern wieder an den dunklen Himmel bringen. Setzt euch in mein Flugzeug. Ich fliege mit euch zu meinem Bruder.«
Jana nahm den kleinen Stern und setzte sich mit ihm neben den Flieger.
»Hab Dank, Adler«, rief sie.
Und der Flieger flog mit Jana und dem kleinen Stern hinter die Stadt und hinter das Feld und hinter den Wald zu seinem Bruder, dem Astronauten. »Hier ist es«, sagte der Flieger und ließ das Flugzeug auf die Erde nieder.
»Astronaut«, rief Jana.
»Warum weckst du mich, Jana«, sagte der Astronaut.
»Hier ist der kleine Stern«, sagte Jana. »Er hat sich zu weit aus seinem Fenster gebeugt, um mich zu sehen, und da ist er zu mir heruntergefallen, geradewegs in mein Zimmer. Und nun muß er wieder hinauf, denn er wird blind, wenn der Tag kommt und er ist noch hier. Flieg mit ihm hinauf.«
»Leg dich zu mir in die Rakete, kleiner Stern«, sagte der Astronaut. »Ich werde dich zurück an den dunklen Himmel bringen.« – Und der kleine Stern legte sich neben den Astronauten in die Rakete.
»Auf Wiedersehen, Jana«, sagte der kleine Stern. »Hab Dank. Und grüß die Meise und die Lerche und den Adler. Auf Wiedersehen, Flieger«, rief er.
»Auf Wiedersehen, kleiner Stern«, rief der Flieger. »Gib acht, daß du nicht wieder herunterfällst.«
Und die Rakete flog hoch an den dunklen Himmel.
Als der Tag schon lange aus dem Wasser gestiegen war und die Sonne Janas Bett wärmte, kam die Mutter ins Zimmer und sagte: »Du willst heute wohl gar nicht wach werden, Jana.«
»Laß mich noch ein wenig schlafen«, sagte Jana. »Der kleine Stern war heute nacht in meinem Zimmer. Ich habe ihn zur Meise getragen und zur Lerche und zum Adler. Der Adler hat uns zum Flieger gebracht und der Flieger zu seinem Bruder,

dem Astronauten. Denn der kleine Stern wird blind, wenn der Tag kommt und er ist noch hier.«
Die Mutter lachte, nahm Jana auf ihre Arme und hob sie aus dem Bett.
»Du hast geträumt«, sagte sie.
»Ich habe nicht geträumt«, sagte Jana. »Warte, wenn der Abend kommt.«
Und als der Abend kam und die Mutter sie zu Bett brachte, zeigte Jana hoch zum Himmel und sagte: »Siehst du den kleinen Stern? Da ist er wieder. Der Astronaut hat ihn mit der Rakete zurückgebracht. – Gute Nacht, kleiner Stern«, sagte sie.
Und der kleine Stern zwinkerte Jana mit den Augen zu.

DULITTLS
WUNDERSAME REISE

Eines Morgens, die Sonne schien, es war auch sonst ein guter Tag, sagte Dulittl: »Ich will auch einen Papa.«
Nun war das so eine Sache mit Dulittls Papa. Er war einfach nicht da. Vorm Fernseher nicht, in der Garage nicht und im Bett neben der Mutter nicht. Und manchmal, wenn die Sonne schien, und es war ein guter Tag, stand Dulittl am Holztor vorm Kindergarten und sah, daß alle anderen einen Papa hatten, mit einem Auto, mit einem Fahrrad, mit einem Hut, mit einer Zigarette und mit großen Schuhen. Da steckte er den Daumen in den Mund, dachte nach und kam am Ende seines Nachdenkens zu dem Ergebnis, wenn alle einen Papa haben, muß es sein, daß er auch einen hat. Und eines Morgens eben, die Sonne schien, und auch sonst war ein guter Tag, sagte er: »Ich will auch einen Papa.«
Die Mutter trank ihren Kaffee, und Dulittl trank seine Milch, und beide hatten wenig Zeit und tranken im Stehen. Die

Mutter mußte zur Arbeit, und Dulittl mußte in den Kindergarten.
Die Mutter wußte keine Antwort und dachte, Dulittl wird es schon wieder vergessen. Aber Dulittl vergaß es nicht. Er sagte noch einmal: »Ich will auch einen Papa.«
Jetzt mußte sich die Frau etwas einfallen lassen. Weil sie jedoch keine Zeit hatte, fiel ihr nichts Besseres ein, als zu sagen: »Du hast doch einen Papa, Dulittl. Er fliegt bloß gerade zum Mond. Und dies ist sehr weit. Aber wenn er zurückkommt, da bringt er dir ein Auto mit, vollgeladen mit kleinen Mondsteinen. Und mir bringt er eine Kette mit aus Mondsteinen. Und dann gehen wir durch die Stadt. Und alle Leute bleiben stehen und gucken uns nach. Und sie sagen: Das ist der Papa von Dulittl. Er war auf dem Mond, und er hat Dulittl ein Auto mitgebracht, vollgeladen mit kleinen Mondsteinen, und der Frau eine Kette, die glitzert wie silbernes Licht. Das werden die Leute sagen. Und jetzt trink schön deine Milch.«
Und Dulittl trank seine Milch. Dann brachte ihn die Mutter zwischen den Autos hindurch über die Straße und sagte: »Jetzt geh in den Kindergarten, Dulittl, und trödel nicht herum und iß deine Brote und paß schön auf und fall nicht hin, und wenn die anderen schlafen, dann mußt du nicht singen, Dulittl.« Und Dulittl versprach, nicht zu trödeln und nicht hinzufallen und nicht zu singen, wenn die anderen schlafen.
Die Mutter gab Dulittl einen Kuß und rannte zur Straßenbahn, und Dulittl winkte ihr nach. Aber die Mutter hatte keine Zeit mehr, sich umzublicken. Sie sprang auf die Straßenbahn, und die fuhr ab. Dulittl ging an einem Haus entlang und an einem anderen, setzte sich auf einen Stein, ausgerechnet dorthin, wo sich gerade ein Strahl der Sonne hingesetzt hatte, um ebenfalls auszuruhen, denn er hatte einen weiten Weg hinter sich. Es ärgerte den Sonnenstrahl, daß Dulittl ihm das Licht wegnahm, außerdem fühlte er sich gequetscht. So streckte er sich und dehnte sich und stand schließlich auf, da Dulittl keine Anstal-

ten machte aufzustehen. Und ehe Dulittl es sich versah, kletterte der Sonnenstrahl mit ihm eine Zaunlatte hinauf und eine Hauswand und einen Schornstein, und dort setzte er Dulittl ab, denn der war ihm lästig.
So kam es, daß Dulittl auf einem Schornstein saß, hoch über der Stadt. Der Sonnenstrahl war froh, ihn los zu sein, und setzte sich auf eine Antenne. Sie blickten einander an und staunten, was da passiert war. Dulittl sah den Fluß unter sich und die Brücke über den Fluß. Und er sah die Straßenbahn und die Autos und die Leute, wie sie quer und kreuz liefen, einer immer vor dem anderen. Er hörte vom Rathaus her die Uhr schlagen und von der Kirche auch, und er dachte, bis zum Mond ist es bestimmt nicht mehr weit von hier oben. Deshalb sagte er zum Strahl: »Wenn du mit mir auf den Schornstein geklettert bist, dann kannst du auch mit mir auf den Mond klettern. Mein Papa ist dort, und er bringt mir ein Auto mit, vollgeladen mit kleinen Mondsteinen, und für meine Mutter eine Kette, die glitzert wie silbernes Licht. Ich geb dir was von den Mondsteinen und auch was vom silbernen Licht, wenn du mit mir auf den Mond kletterst.«
Der Sonnenstrahl hatte schon auf vielen Steinen gesessen, aber noch nie auf Mondsteinen. Außerdem hatte er es satt, immer nur goldenes Licht zu strahlen, silbernes war weniger heiß. Es schien ihm kein schlechtes Geschäft zu sein, Dulittl zu seinem Papa auf den Mond zu tragen.
»Abgemacht«, sagte er, schob sich zwischen Dulittls Beinen hindurch und begann seinen Kreis um den Himmel zu schlagen, wie er es gewohnt war. Allerdings schwitzte er diesmal ganz schön, denn Dulittl war so leicht nicht, wie er angenommen hatte. Immer öfter mußte der Strahl sich ausruhen. Zuerst auf dem Fernsehturm, dann auf der Tragfläche eines Flugzeuges, das nach Indien flog, und zuletzt auf dem Popocatepetl. Dort ging ihm endgültig die Hitze aus. Er legte sich in den Schnee und verlöschte.

Da stand Dulittl nun auf dem Popocatepetl, und der Berg spuckte Rauch und Asche, und Dulittl wurde so schwarz, als wenn er auf dem Hof mit Kohle gespielt hätte. Was mach ich nun, dachte Dulittl, und er steckte dabei wieder den Daumen in den Mund. Aber es fiel ihm trotzdem nichts ein. Es war nur gut, daß die Mutter ihm Brote und einen Apfel mitgegeben hatte. Dulittl aß die Brote und den Apfel und fühlte sich danach stark und frisch. Aber es war ziemlich kalt auf dem Popocatepetl. Dulittl hatte nur Halbschuhe an und ein Hemd und eine Hose, denn zu Haus war ja ein guter Tag gewesen. Deswegen machte sich Dulittl auf den Weg. Er stapfte durch den hohen Schnee und fand Gott sei Dank einen Fels, der schräg ab ins Tal fiel. Dulittl setzte sich auf seine Brottasche, und hast du nicht gesehen, raste er den Popocatepetl hinunter ins Tal. Ihm wurde ganz schwindlig von der schnellen Fahrt. Zum Glück war im Tal gerade die große Regenzeit. Es regnete schon drei Wochen Tag für Tag. Die braune Erde war ein einziger Brei. Aber wie gesagt, der Schlamm war gerade das Richtige für Dulittl. Er hätte sich sonst zu Tode geritten. Die Brottasche war eh hin. Wie Dulittl nun so auf der nassen Erde saß, und es regnete, und es war stockdunkle Nacht, und der Mond war nicht zu sehen, wo Dulittl seinen Papa glaubte, und der Fluß trat über die Ufer, da fühlte sich Dulittl sehr einsam. Er dachte, wie schön es doch jetzt in seinem Bett wäre. Aber er lag nun mal nicht in seinem warmen Bett, sondern hockte am Fuße des Popocatepetl, und die Brottasche war hin.

Das Wasser stieg, und es hätte nicht viel gefehlt, und Dulittl wäre ertrunken, denn er konnte nicht schwimmen. Aber wie's so ist, wenn du glaubst, gleich fällt dir der ganze Himmel auf den Kopf, da zeigt sich eine Rettung. Mit dem vielen Wasser kamen nicht nur ausgerissene Bäume und Dächer und Hütten und Stühle. Es kam auch ein Krokodil. Weiß der Teufel, was das Krokodil am Popocatepetl zu suchen hatte. Wahrscheinlich wußte es das Krokodil selbst nicht. Jedenfalls schwamm es an

Dulittl vorbei, und der kletterte auf seinen Rücken und war aus dem Schlamassel heraus.
Das Krokodil war in dem Durcheinander so mit sich selbst beschäftigt, daß es gar keine Zeit fand, Dulittl zu fressen. Denn für gewöhnlich fressen Krokodile Leute, die auf ihren Rücken klettern. Vielleicht war das Krokodil auch ein friedliches Krokodil, das es einfach satt hatte, fortgesetzt Menschen zu fressen. Außerdem war Dulittl vom Rauch und von der Asche des Popocatepetl und vom Schlamm so schwarz, daß jeder glauben mußte, er sei ein Neger. Und zu Negern sind Krokodile überhaupt freundlicher. Das Krokodil mußte aufpassen, daß ihm nicht ein Baum oder eine Hütte oder ein Stuhl gegen das Maul schlug. Und Dulittl mußte aufpassen, daß er nicht vom Rücken des Krokodils herunterfiel. Ein zweites Krokodil gab es am Popocatepetl nicht. Jedenfalls kamen beide heil zum Meer. Und dort legten sie sich in den warmen Sand und schliefen, ich weiß nicht, wie lange. Zuerst wurde das Krokodil wach. Es gähnte und schielte zu Dulittl, der auf einer großen Pfote des Tieres lag. Und weil das Krokodil schon fünf Tage lang nichts mehr gefressen hatte, warf es alle guten Vorsätze über den Haufen und machte sich daran, an Dulittl herumzuknabbern. Davon wurde Dulittl wach. In seiner Angst schrie er laut. Das Krokodil bekam vor Staunen sein Maul nicht zu. So lange wenigstens nicht, bis Dulittl auf und davon war. Es mochte noch so treuherzig vor sich hin schielen, Dulittl wollte mit einem Tier, das an ihm herumknabberte, während er schlief, nichts mehr zu tun haben.
Er stopfte sich die Taschen voll mit Bananen und Apfelsinen und machte sich erneut auf den Weg zum Mond, um seinem Papa zu sagen, daß es an der Zeit wäre, nach Hause zu kommen, weil alle anderen einen Papa hätten, mit einem Hut, mit einem Auto, mit einem Fahrrad, mit einer Zigarette und mit großen Schuhen, nur Dulittl hätte keinen. Er lief den Strand entlang, und da gerade Ebbe war und das Wasser vom Land wegrollte,

dem Mond zu, lief Dulittl dem Wasser hinterher. Wie er so ins Meer hineinlief, weiter und immer weiter, stieß er auf einen gewaltigen Schwertfisch. Der hatte sich darangemacht, eine Haifischflosse zu zersägen, und darüber vergessen, mit dem Wasser mitzuschwimmen. Nun lag er da inmitten weißer Muscheln und weißer Steine und roter Korallen, schlug mit dem Schwanz und mit dem Schwert und war nahe daran zu ersticken.
»Warte«, sagte Dulittl, und er grub eine Grube in den Sand, und die Grube füllte sich mit Meereswasser, und der Schwertfisch legte Kopf und Schwert in das Wasser und atmete tief und war froh, noch einmal mit dem Leben davongekommen zu sein.
Dulittl setzte sich neben ihn, sägte eine Apfelsine an dem Schwert des Schwertfisches auf und aß, und der Saft lief ihm das Kinn herunter. Während Dulittl noch eine Apfelsine aß und der Schwertfisch hielt sein Maul in die Grube, kam das Wasser zurück. Es kam ziemlich schnell und schäumte, und was sich ihm in den Weg stellte, spülte es einfach hinweg. Es half Dulittl nicht, daß er aufstand und sich groß machte. Er hätte schon so groß sein müssen wie der Popocatepetl. Aber so groß war er nicht. Das Wasser schlug über seinem Kopf zusammen. Und wäre nicht der Schwertfisch gewesen … Aber zum Glück war er da. Er dachte, ohne Dulittl wäre mir die Luft weggeblieben, ein Fisch wäscht den anderen. Er schob sein Schwert zwischen Dulittls Beine, hielt ihn über Wasser, so gut er ihn eben über Wasser halten konnte, und schwamm mit ihm nach Afrika. Dulittl sah nun mal so schwarz aus vom Rauch und von der Asche des Popocatepetl, und der Schwertfisch dachte, Dulittl gehöre nach Afrika. Dort setzte er ihn ab, hob zum Gruß sein Schwert und tauchte wieder ins Meer. Er glaubte, seine Schuld abgetragen zu haben. Aber was sollte Dulittl in Afrika? Er wollte ja zum Mond, um seinem Papa zu sagen, daß es an der Zeit wäre, nach Hause zu kommen. Ich muß sagen, Dulittl war ziemlich fertig. Ganz Afrika schlief. Nur ein Elefant schlief nicht. Er stampfte durch den Urwald zum Wasser, geradewegs auf Dulittl zu. Er

hob den Rüssel und trompetete, daß Dulittl die Ohren weh taten.
»Was machst du denn in Afrika?« fragte er.
»Eigentlich wollte ich zum Mond«, sagte Dulittl. »Mein Papa ist dort. Er holt für mich ein Auto, vollgeladen mit kleinen Mondsteinen, und für meine Mutter eine Kette, die glitzert wie silbernes Licht. Ich glaube, er findet nicht mehr den Weg nach Hause.«
»So was kenne ich«, sagte der Elefant und trompetete, daß Dulittl die Ohren weh taten. Aber wenn ein Elefant so trompetet, kommen ihm die besten Einfälle.
Er setzte Dulittl auf einen Mondstrahl, packte den Strahl mit seinem Rüssel und schleuderte ihn mit einer solchen Kraft an den Himmel, daß das untere Ende nach oben stand. Dulittl blieb die Luft weg. Es ging noch schneller als seine Fahrt vom Popocatepetl ins Tal. Er rutschte den Strahl hinunter und fiel mitten hinein in einen Haufen Mondstaub. Trotzdem tat es sehr weh. Aber Dulittl dachte, wenn ich erst meinen Papa gefunden habe, dann tut's nicht mehr weh. Und er staubte sich erst gar nicht ab, sondern lief gleich los. Aber wohin er auch kam, seinen Papa fand er nicht. Er fand nur eine halbverfallene Mondstation, welche die Menschen hochgeschossen hatten, und er dachte, bestimmt ist mein Papa inzwischen nach Haus gefahren. Ich muß gleich wieder zurück, sonst sucht er mich überall.
Nun ist es aber einfacher, auf den Mond zu kommen, als von da wieder hinunter. Außerdem war auch noch Mondfinsternis und dort oben kaum etwas zu sehen. Wie Dulittl so auf dem Mond umhertappte, fast wäre er in einen Krater gefallen, da schob sich der Erdschatten, der den Mond so dunkel machte, ein Stück beiseite. Dann noch eins und noch eins. Und wie der Schatten am Rande des Mondes angelangt war und wie er sich gerade fallen lassen wollte, um der Erde nicht verlorenzugehen, da erwischte Dulittl noch einen Zipfel davon, ausgerechnet den, der zu seiner Stadt gehörte. Und der Schatten senkte sich herab

und legte Dulittl sanft ans Flußufer und deckte ihn zu, damit er nicht fror.
Als Dulittl nach einem langen, langen Schlaf die Augen aufmachte, sah er einen Mann, der sich über ihn beugte. Und der Mann hatte einen Hut, und er hatte große Schuhe, und in seinem Mund steckte ein Zigarette. Und im Gras lag ein schönes Fahrrad. Der Mann nahm Dulittl auf die Arme, und Dulittl sagte: »Warum bist du so lange fort gewesen?«
Und der Mann antwortete: »Ich hatte eben eine Menge Arbeit.«
»Ich war bis auf dem Mond, aber du warst nicht dort«, sagte Dulittl.
»Wie heißt du denn?« fragte der Mann.
»Dulittl«, sagte Dulittl. »Kennst du mich denn nicht?«
»Doch«, erwiderte der Mann, »doch, doch. Wie konnte ich bloß so dumm fragen?«
»Jetzt fährst du nicht mehr auf den Mond«, sagte Dulittl.
Und der Mann schüttelte den Kopf und sagte: »Nein, jetzt fahre ich nicht mehr auf den Mond.«
Dulittl spürte die Haut des Mannes und den harten Bart, und sein Mund roch nach Tabak. Und Dulittl blinzelte zum Mond und dachte, jetzt habe ich auch einen Papa.

WIE DIE ARME INSEL DELOS IHR GLÜCK FAND

Es war zu einer Zeit, da schon alles auf der Erde seinen Platz gefunden hatte: die Meere, die Gebirge, die Flüsse. Tags schien die Sonne, nachts leuchteten die Sterne, und ein jedes war zufrieden. Nur die kleine Insel Delos irrte noch heimatlos auf dem weiten Wasser umher. Sie hatte nichts zu geben als Steine und Felsen und einige Palmen. Und da sie auch sonst unscheinbar war, wollte niemand sie haben. So vergingen die Jahrhunderte.

Da geschah es, daß Zeus, den einstmals die Griechen als obersten Gott anerkannten, Gefallen an Leto fand, der Tochter eines Titanen. Auch Leto fand Gefallen an Zeus, lag ihm bei und wurde schwanger. Während Zeus in den Olymp zurückkehrte, lief Leto in Griechenland von Berg zu Berg, von Fluß zu Fluß, von Insel zu Insel, denn es kam die Zeit, wo sie gebären sollte. Aber es erging ihr nicht anders als der kleinen Insel Delos. Keine Quelle gab ihr Wasser, keine Wiese einen Fußbreit Platz, um auszuruhen. Kein Baum schenkte ihr Schatten. Niemand wollte den Zorn Heras auf sich laden, der rechtmäßigen Frau des Zeus. Jeder kannte ihre Eifersucht und fürchtete ihre Rache.

Schließlich kam die unglückliche Leto nach Delos, die auch nicht glücklicher war, sondern inmitten der reichen Inseln zwischen Griechenland und Kleinasien umherschwamm.

»Ach, Delos, du steinige Insel«, sagte Leto, »keine Quelle gibt mir Wasser, keine Wiese einen Fußbreit Platz, Berge und blühende Inseln schicken mich fort. Ich aber soll gebären und weiß nicht wo. Nimm du mich auf.«

»Wer ist es, dem ich Geburtsland sein soll?« fragte die Insel.
»Artemis und Apollon, die Kinder des Zeus«, erwiderte Leto. Da erschrak die steinige kleine Insel, denn auch sie fürchtete den Zorn der eifersüchtigen Hera. Noch mehr aber fürchtete sie sich vor Apollon, den Leto gebären sollte.
»Deine Tochter Artemis wollte ich schon aufnehmen, auch wenn Hera mich dafür mit ihrem Zorn straft«, sagte sie. »Aber dein Sohn Apollon wird ein schöner und mächtiger Gott sein, strahlender als die Sonne, gewaltiger als der Sturm auf dem Meer. Er wird den Menschen die Heilkunst bringen und den Gesang, und er wird sich meiner Armut und meiner Häßlichkeit schämen. Alle Inseln um mich blühen, sind reich und haben einen festen Platz zum Wohnen. Ich aber werde auf dem Wasser hierhin und dahin gestoßen. Dein Sohn wird mich verachten. Mit einem Fußtritt wird er mich in die Tiefe des Meeres schleudern. Auf mir werden Polypen und schwarze Robben hausen. Und niemals wieder werden mir Mond und Sterne leuchten. Apollon jedoch wird auf eine der vielen schönen und reichen Inseln ziehen.«
»Was redest du«, rief Leto. »Mein Sohn wird es dir mehr als genug lohnen, daß du mich nicht wegjagst. Er wird dich lieben, wie er mich, seine Mutter, lieben wird. Alle Länder und alle Inseln werden dich beneiden, daß Apollon auf dir geboren wurde, denn er wird dich über alle erheben. Hier wird er seinen ersten Tempel bauen. Von überallher werden die Menschen kommen und auf seinem Altar duftende Opfer bringen. Das schwöre ich beim dunklen Fluß der Unterwelt.« Da freute sich die kleine Insel, denn beim finsteren Hades zu schwören galt als heiliges Versprechen. Und sie nahm die herumgestoßene Leto freundlich bei sich auf.
Im dürren Gras unter einer Palme brachte Leto ihre Kinder zur Welt. Als Apollon aus ihrem Schoß kam, fing ganz Delos an zu blühen, singende Schwäne umkreisten siebenmal die Insel, und die Teiche dort leuchteten auf.

Zeus aber dankte der einstmals verachteten kleinen Insel ihr gutes Herz und schenkte ihr zwischen Griechenland und Kleinasien einen festen Platz, wo sie noch heute zu finden ist.

MÄRCHEN SCHREIBEN

Im Mythos heißt es, der Schwan singt in seiner Todesstunde zum letzten Mal und am schönsten. Wenn wir sagen, der Mythos ist gestorben, so können wir vielleicht auch sagen, er hat im Sterben zum letzten Mal gesungen und dabei das Märchen geschaffen.

Es gibt viele Menschen, die waren noch nie im Theater, eben so viele, die nicht wissen, was ein Roman ist. Wohl jedem aber ist irgendwann ein Märchen erzählt worden. Es war einmal und es wird einmal sein. Staaten sind untergegangen, Völker ausgelöscht, in ihren Märchen ist geblieben, was an Sehnsüchten, Hoffungen und Ängsten in ihnen lebte. Und da Märchen keine Grenzen kennen, nicht die der Geographie und nicht die der Ideologie, ziehen sie von Norden nach Süden und von Osten nach Westen. Sie sind in den Slums zu Haus und in den Wohnsitzen der Reichen. Sie gehören dem Schwachen nicht minder wie dem Mächtigen. Es gibt auf der Erde tausend Sprachen und mehr, aber das Märchen spricht nur eine Sprache, und jedem, der sich ihm nicht in Abgestumpftheit verschließt, versteht es, der Atomwissenschaftler in Hewston und Sibirien, der Analphabet unter der Howra-Bridge in Kalkutta.

Immer wieder wird dem Märchen nachgeforscht, von Dichtern, von Literaturwissenschaftlern, von Völkerkundlern. Man möchte hinter seine Geheimnisse kommen.

Die Richtung der Märchen: tiefer, immer zum Grund zu, irdischer, näher der Wurzel der Dinge, ins Wesen.

So beschreibt es Fühmann. Und Wilhelm Grimm sagt über das Märchen: »Die meisten der hier geschilderten Zustände des Lebens sind so einfach, daß viele sie wohl im eigenen gefunden, aber sie sind, wie alle wahrhaftigen, doch immer wieder neu und ergreifend.«

Ganz wird es uns wohl nicht gelingen, dahinter zu kommen, was die Wirkung der Märchen ausmacht. Es hieße, dem Menschen auf den Grund zu kommen, der für sich das Märchen geschaffen hat, als Trost, als Hoffnung, als Spiel. Poesie läßt sich nicht bis ins letzte hinein definieren, immer steckt etwas zwischen den Zeilen. Die Summe der Details ergibt niemals das Ganze. Wie ja auch die Ratio sich den Erscheinungen der Welt nur nähert im Einklang mit dem Irrationalen. Mag sich die Gunst mal dem einen mehr zuwenden, mal dem anderen, lebensfähig bleibt der Mensch nur, wenn er weder das eine noch das andere in sich verkümmern läßt.

Volksmärchen – Kunstmärchen. Der Unterschied ist groß und auch wieder nicht. So wie zwischen einem Kind und einem Erwachsenen der Unterschied groß ist und auch wieder nicht.

Es ist unmöglich, ja geradezu selbstmörderisch, denken und empfinden zu wollen wie die Menschen vor tausend Jahren. Gehen wir daran, uns die Vergangenheit zu erschließen, können wir immer nur nach-empfinden, nach-denken und hoffen, daß unser Bemühen dem Ziel nahekommt. Ein Maler, der von der Höhlenmalerei fasziniert ist, wäre falsch beraten, wollte er Werke schaffen wie diese. Er kann nicht mehr verlangen als Inspiration, das ist schon sehr viel. So scheint es mir auch verwegen, setzte sich jemand an die Schreibmaschine oder an den Computer, in der Absicht, dem Gerät Texte eingeben zu wollen, die dem Volksmärchen gleichen. Wüßte er auch alle Regeln und alle Gesetze, es bliebe eine Hülle ohne Seele.

Becher und Eisler haben es noch einmal unternommen »neue deutsche Volkslieder« zu schaffen. Dabei ist eine so schöne und wohl auch bleibende Arbeit entstanden wie *Heimat meine Trauer*. Aber ein Volkslied ist es nicht geworden. Hier nämlich ist bei aller Tiefe Einfachheit da, ohne daß sie gesucht werden muß, dort wird sie als poetisches Mittel gesetzt.

Mir scheint der Begriff Kunstmärchen als Abgrenzung zum Volksmärchen nicht ganz treffend. Wer weiß schon zu sagen, was Kunst ist, und wenn er es weiß, würde er in den Volksmärchen wohl mehr Kunst aufspüren als in den noch so gelungensten Kunstmärchen. Wie sollte es auch anders sein, hatten doch jene zum Ausreifen Jahrhunderte Zeit, die guten ins Töpfchen, die schlechten ins Kröpfchen. Der einzelne Dichter ist gefesselt an den Tag. Selbst wenn er sich freimacht und fortläuft, die Zeit ist schneller, sie holt ihn wieder ein.

Als ich vor mehr als dreißig Jahren *Jana und der kleine Stern* veröffentlichte, wurde mir in einer Kritik vorgehalten, kosmische Flugkörper gehörten nicht in ein Märchen mit so stark traditionellem Gestus. Beim *kleinen häßlichen Vogel* hätte ich nach Auffassung einer Pädagogin den Mond nicht älter sein lassen dürfen als die Sonne, das nämlich widerspreche der wissenschaftlichen Erkenntnis. Ich erwähne es, nicht um zu polemisieren. Der Schriftsteller hat nicht das Recht, dem Leser vorzuschreiben, wie etwas zu lesen und zu begreifen sei. Ich will mit den Beispielen nur auf einige Schwierigkeiten hinweisen, die dem heutigen Märchenschreiber erwachsen. Eine sich überstürzende technische Entwicklung und eine naive Fabel- und Zauberwelt – das scheint unvereinbar. Und es geht in der Tat nicht zusammen, stehle ich mich aus meiner Wirklichkeit fort. Im Zeitalter der Atomphysik und Mikrobiologie wird es schwerfallen, Geschichten um ›im Reigen tanzende Elfen‹ zu erfinden, ohne die Gefahr, sich der Lächerlichkeit auszusetzen. Aber jede Epoche hat ihre Fabelwesen. Ich würde sogar meinen, die Angst vor jenem »Geist aus der Flasche« nimmt eher zu als ab. Je tiefer jemand in die Wissenschaft eindringt, um so rätselhafter werden ihm die Dinge, und am Ende ruft er wie Sokrates aus: Ich weiß, daß ich nichts weiß, oder sagt wie der alt gewordene Einstein: Als ich Student war, glaubte ich zu wissen, was Physik ist, heute weiß ich es nicht.

Es ist sicherlich eine logische Konsequenz, daß die Klügsten unter den Klugen der Phantasiewelt des Kindes und also auch der Poesie und dem Märchen sehr nahe kommen. Nachdem sie ausgezogen sind, »Panama zu finden«, kehren sie zurück in ihr kleines Haus, wo alles in großer Vertrautheit zusammenlebt. Und sie sehen das Altbekannte auf neue Weise, und es ist schön. Ich sagte, Märchen kennen keine Grenzen, nicht die der Geographie und nicht die der Ideologie, sie erzählen immer zutiefst Existentielles. Letztendlich empfinden die Ureinwohner Australiens Schmerz und Freude, Glück und Unglück nicht anders als der Börsenmakler in London. Jeder aber, der über sein Leben in Bildern spricht, nimmt diese Bilder aus seiner Wirklichkeit. Nicht nur die Dinge, die mich umgeben, sind Wirklichkeit. Wie ich sie und ihre Beziehungen untereinander deute, ist für mich ebenso Wirklichkeit, ob die Erklärung nun falsch ist oder richtig. Es gibt keinen reisigtragenden Mann im Mond, aber als Kind sah ich ihn sehr deutlich am nächtlichen Himmel. Für die Erziehung meiner Gefühle und meines Denkens war er sehr wichtig. Vor drei und mehr tausend Jahren errichteten die Griechen der Mondgöttin Selene Altäre und brachten ihr Opfer. Wir bauen den Mondfähren Altäre. Wälder, Flüsse, Wüsten heute sind von Industrie, Tourismus, Krieg befallen wie einstmals die Menschen von der Pest. (Es war wohl Eliot, der gesagt hat: »Die Menschheit geht nicht mit einem Knall zugrunde, sondern mit einem Stöhnen.«) Größeres Wissen gibt den Menschen eine andere Wirklichkeit. Ob eine bessere, weiß ich nicht. Aber der Geist drängt nach Erkenntnis, und es wäre töricht, sich dem zu widersetzen. Auch der Märchenschreiber darf sich dieser neuen Wirklichkeit nicht entziehen, sonst ist das, was er seinen Lesern gibt, nur der Aufguß eines Aufgusses.

Was ich hier ausspreche, wurde mir zum erstenmal bewußt, als ich vor geraumer Zeit mit einem kleinen Schiff viele hundert Kilometer im Tjumener Gebiet den Irtysch und den Ob abwärts fuhr. Ich saß manche Nacht über an Deck, neben mir saß der ungarische Schriftsteller Karinty, und er sagte jede Nacht eigentlich dasselbe: »Ich komme gerade aus Amerika und bin dort auf dem Mississippi gefahren, aber sowas habe ich noch nicht gesehen.« Was uns beide so gefangennahm, war jenes sonderbare Gemisch von Vergangenheit und Gegenwart, unberührter Natur und ihr schon Verwundetsein, denn an den Ufern entlang in einer unbestimmten Weite der Taiga brannten die Fackeln des Erdgases. Diese Flußfahrt während der ausklingenden weißen Nächte hat mich manches begreifen lassen, was ich zuvor nicht begriffen habe. Ihr habe ich auch *Das verschenkte Weinen* zu danken.

Jeder ist befangen in der Enge seiner Erfahrung, jeder hat Angst vor einer Entscheidung, deren Ausgang ungewiß ist, und jeder sucht seinen Stern. Darin liegt wohl der Grund, daß Märchen zu jeder Zeit Bestand haben. Erst wenn alles offen-liegt, werden sie nicht mehr gebraucht werden. Aber ein Goldenes Zeitalter wird auch das nicht sein. Vor so viel Wahrheit werden die Menschen erschrecken, und sie werden sich zurücksehnen in die goldene Zeit ihrer Unvollkommenheit. Also werden sie wiederum Märchen schreiben. Und sie werden vielleicht beginnen, wie ein Märchen in Chile beginnt: »Du mußt wissen, um zu erzählen und zuhören, um zu wissen.« Oder sie werden enden wie ein Märchen in Sizilien: »Da blieben sie glücklich und zufrieden, wir aber stehen barfuß und gehen leer aus.«

© an dieser Ausgabe 2002 by Verlag Faber & Faber Leipzig
Der Abdruck des Märchens *Jana und der kleine Stern*
erfolgt mit freundlicher Genehmigung
von leiv/Leipziger Kinderbuchverlag
Gestaltung Frank Eilenberger
Layout Atelier für grafische Gestaltung, Leipzig
Druck Jütte-Messedruck Leipzig
Bindung Kunst- und Verlagsbuchbinderei Leipzig

ISBN 3-932545-94-X

Dieses und andere Bücher des Verlages finden Sie auch
im Internet unter www.faberundfaber.de